HERMANN HESSE'S FAIRY TALES

黑塞童话

[德] 赫尔曼·黑塞 著　刘天慧 译　曹萌 绘

北京理工大学出版社
BEIJING INSTITUTE OF TECHNOLOGY PRESS

图书在版编目（CIP）数据

黑塞童话 /（德）赫尔曼·黑塞著；刘天慧译. — 北京：北京理工大学出版社，2020.12

ISBN 978-7-5682-9224-5

Ⅰ.①黑… Ⅱ.①赫… ②刘… Ⅲ.①童话—作品集—德国—近代 Ⅳ.①I516.88

中国版本图书馆CIP数据核字（2020）第219766号

出版发行 / 北京理工大学出版社有限责任公司

社　　址 / 北京市海淀区中关村南大街 5 号

邮　　编 / 100081

电　　话 /（010）68914775（总编室）

　　　　　（010）82562903（教材售后服务热线）

　　　　　（010）68948351（其他图书服务热线）

网　　址 / http://www.bitpress.com.cn

经　　销 / 全国各地新华书店

印　　刷 / 三河市宏图印务有限公司

开　　本 / 787 毫米 × 1092 毫米　　1/16

印　　张 / 14.5　　　　　　　　　　　　　责任编辑 / 封　雪

字　　数 / 161千字　　　　　　　　　　　文案编辑 / 毛慧佳

版　　次 / 2020 年 12 月第 1 版　　2020 年 12 月第 1 次印刷　　责任校对 / 刘亚男

定　　价 / 99.00元　　　　　　　　　　　责任印制 / 施胜娟

目录

小·矮人

一天晚上，说书人老策科在码头给大家讲了一个故事：

诸位，如果你们愿意，今天我想给你们讲一个非常古老的故事。它围绕一位佳人、一个小矮人和一杯迷情酒展开，关乎忠诚和背叛、爱情和死亡——这是一切新老冒险和传奇故事的永恒主题。

玛格丽特·卡多林是贵族巴蒂斯塔·卡多林的女儿，她容貌倾城，是当时威尼斯美人中的绝色。为她而作的诗和歌简直数不胜数，比大运河畔宫殿连绵不断的拱窗还要多，比春夜奔忙穿梭在文桥和多加纳①之间的贡多拉还要多。来自威尼斯、穆拉诺岛、帕多瓦的贵族男子，不论老少，夜晚合上眼都梦到她，清晨醒来都渴望见到她。全城的贵族小姐

---

① 圣马力诺塞拉瓦莱镇最大的地区。

也通通对她嫉妒有加。原谅我无法找到合适的词语来描述她的美貌，只能大概描述：她拥有一头金色的秀发，身材苗条高挑，好似新生的柏树，风儿轻抚她的头发，大地亲吻她的双足。据说提香①见了她后，一年三百六十五天只愿为她一人作画。

不论是锦衣华服、玉石首饰，还是拜占庭的金丝锦缎，这位美人都应有尽有，她居住的宫殿更是富丽堂皇：脚下踩的是小亚细亚的彩色厚地毯，橱柜里装满了精致的纯银器具，桌上精美的织锦和瓷器闪闪发光，大厅地板上的马赛克图案绚丽多彩，天花板和墙壁上有的挂着花锦和丝绸制成的织花壁毯，有的绘着优美明快的画作。宫殿里仆人如云，贡多拉和船夫也足够差遣。

当然，这些金银玉帛并不为奇，那时在威尼斯盛极一时，许多富人拥有比她更大、更豪华的宫殿，橱柜里珍宝更多，器具、地毯、珠宝首饰也更为华丽，但玛格丽特独有一件让其他富人都羡慕的宝贝，那就是小矮人菲利波。菲利波身高不足三尺骨②，弯腰驼背，是一个绝妙的小人儿。他出生在塞浦路斯。当巴蒂斯塔先生把他带回家时，他还只会说希腊语和叙利亚语，而现在他已经能说一口地道的威尼斯话了，就好像他本来就是本地人似的。女主人有多美，菲利波就有多丑。他的畸形身材更衬托出了玛格丽特的高挑身材，两人站在一起，就像教堂塔楼耸立在小渔屋旁边。他的手又黑又皱，指关节弯曲，鼻子大得出奇，脚宽宽的，还是内八字，走路步态说不出的滑稽，但丝绸金银穿戴到身上，倒也为他增添了几分贵族气质。

仅是这副外表就让这个小矮人足够稀奇了。可能不光是在威尼斯，在整个意大利（包括米兰）也再找不到比他更奇特、更滑稽的小人儿了。要是能拿钱买，一些高官名流肯定愿意花重金把他买下来。

---

① 意大利著名画家，被誉为"西方油画之父"。
② 德国旧长度单位。

即使在其他宫廷或富庶的城市里可能也存在一些和菲利波差不多矮小丑陋的小矮人，但他们在才智和天赋上却差他一大截子。如果单凭智力，这个小矮人完全有资格加入十人议会①或者管理一个公使馆。他不仅会三门语言，还擅长历史、谋略和发明创造；不仅能讲老故事，还会自编新故事；不仅能建言献策，还会搞恶作剧。另外，他还有一种特别的本领，就是很容易把人逗笑，也能一下子令人灰心。

天气晴朗的日子，玛格丽特小姐会坐在阳台上，在两名侍女、非洲鹦鹉和菲利波的陪侍下，按照当时时兴的方法晒她那一头亮丽的秀发。侍女们将她的长发打湿梳开，铺在大大的遮阳帽上晾晒，边向上喷洒玫瑰露水和希腊香水，边向她讲最近城里的新鲜事：谁家死了人、谁家办庆典、谁结婚了、谁生子了、谁家被盗了，还有一堆七七八八的滑稽事。鹦鹉在旁边扑打着漂亮的翅膀，表演它的三样绝活：吹一曲、学山羊咩咩叫、说"晚安"。小矮人菲利波坐在旁边，在阳光中安安静静地读着书，毫不关心旁边女人们的闲言碎语和飞来飞去的蚊群。每次都是这样的：过一会儿，漂亮的鸟儿开始打盹儿；侍女们说话越来越慢，渐渐沉默，无精打采地干着她们手里的活儿。因为太阳炙热得让人昏昏欲睡。一旦侍女们把头发弄得太干，或者做事笨手笨脚的，玛格丽特便烦躁地责骂她们。到这时，她会喊道："把他的破书收走！"

侍女们从菲利波的膝盖上把书收走。他愤怒地抬头看看，又迅速压制住心中的不满，恭敬地问玛格丽特有何吩咐。

她命令道："给我讲一个故事！"

接着，菲利波回答道："让我想一想。"然后开始思考。

有时，菲利波犹豫得太久，玛格丽特会不耐烦地呵斥他，但他总是镇定地摇摇对他来

---

① 又译为十人团，是一个秘密组织，1310年设立，是威尼斯共和国政府的主要组成部分之一。

说过大过重的脑袋，从容地回答："您要再有点儿耐心。好的故事就像一头珍贵的野兽，它栖身在隐蔽处，我们常常得在峡谷和森林潜伏好久才能等到它出来。让我好好想想！"

但当他思索好了，开始讲述后，就会不停顿地从头讲到尾。他的故事就像一条从山上奔腾而下的河流，青青小草、湛蓝天空都倒映其中。鹦鹉睡着了，弯弯的鸟嘴时常在睡梦中发出哒哒的声音。阳光倾泻到平坦的屋顶上，侍女们跟瞌睡做着斗争，缓慢地给玛格丽特梳头发。菲利波一点儿也不困，当他开始施展技艺，就变身为国王和术士。他掩掉了阳光，带着静静聆听的玛格丽特开始了一场奇幻冒险：忽而穿越昏暗恐怖的森林，忽而身临冰冷的幽蓝海底，忽而又穿过陌生而传奇的城市街道。他讲故事的本领学自东方，那里的说书人能够操纵听众的灵魂，像小孩子玩球一样轻松。

他的故事几乎从来都不是从陌生国度开始的，因为那样听书人的心灵就无法自由飞翔到异国他乡。他都是从眼前的事物开始讲起，可能是一枚金色发夹，可能是一块绸缎。他从近处的东西开始，讲述这些珍宝的旧主、匠人或卖主，不知不觉一步步把玛格丽特的思绪带到遥远的地方。故事自然地慢慢流淌，从宫殿的阳台到商人的小船，到港口、到巨轮，再到世界上最遥远的角落。每个听故事的人都仿佛身临其境。虽然身体正安安静静地坐在威尼斯，但他们或兴奋、或害怕，思绪早已随故事飞到遥远的海洋和神奇的地方了。

除奇妙的东方神话外，他有时也会讲一些真实的冒险经历和趣闻轶事——埃涅阿斯国王的旅行和苦难、塞浦路斯帝国、约翰内斯国王、巫师维吉尔、亚美利哥·韦斯普奇的长途远行等。此外，他还擅长编讲最最新奇的故事。有一天，玛格丽特看着睡着的鹦鹉问他："小百事通，你说我的鸟儿现在正做什么梦呢？"他只思考了几秒，便立马讲出了一个长长的梦，就好像他自己就是那只鹦鹉似的。他讲完，鹦鹉刚好醒来，扑打着翅膀，像山羊一样咩咩叫。还有一次，玛格丽特拿起一块小石子扔向远方。小石子越过露台护栏，咚的一声落入河水里。玛格丽特问他："菲利波，我的小石子会流到哪里去呢？"菲利

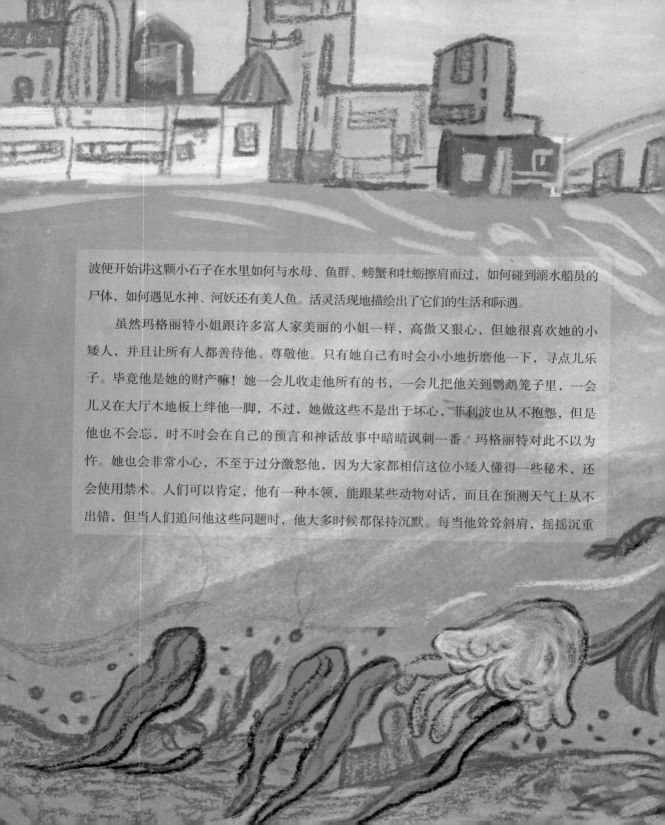

波便开始讲这颗小石子在水里如何与水母、鱼群、螃蟹和牡蛎擦肩而过，如何碰到溺水船员的尸体，如何遇见水神、河妖还有美人鱼。活灵活现地描绘出了它们的生活和际遇。

虽然玛格丽特小姐跟许多富人家美丽的小姐一样，高傲又狠心，但她很喜欢她的小矮人，并且让所有人都善待他、尊敬他。只有她自己有时会小小地折磨他一下，寻点儿乐子。毕竟他是她的财产嘛！她一会儿收走他所有的书，一会儿把他关到鹦鹉笼子里，一会儿又在大厅木地板上绊他一脚，不过，她做这些不是出于坏心，菲利波也从不抱怨，但是他也不会忘，时不时会在自己的预言和神话故事中暗暗讽刺一番。玛格丽特对此不以为忤。她也会非常小心，不至于过分激怒他，因为大家都相信这位小矮人懂得一些秘术，还会使用禁术。人们可以肯定，他有一种本领，能跟某些动物对话，而且在预测天气上从不出错，但当人们追问他这些问题时，他大多时候都保持沉默。每当他耸耸斜肩，摇摇沉重

的大脑袋，提问者就笑得忘记追问了。

　　每个人都会喜欢另一个灵魂，都需要表达爱。菲利波也不例外。除书籍外，他还跟一条小黑狗发展出了一段奇特的友谊，甚至连睡觉的时候小黑狗也会卧在他身边。这条小狗是玛格丽特小姐一位不知名的追求者送给她的礼物。小狗刚来的前几天就发生了意外，被一扇猛关的门给砸中了。小黑狗的腿断了一条，本来差一点儿就要被宰杀，但菲利波请求玛格丽特小姐把小狗赐给他，于是这条小黑狗就被转送给他了。在小矮人的精心照料下，小黑狗慢慢痊愈了，感激涕零地跟在恩人身后，但那条断腿还是落下了残疾，再也伸不直了，走起路来一瘸一拐的，倒是跟它的主人更配了，也因此不少人，会拿他们开玩笑。

　　可能很多人觉得，小矮人和小狗之间的这种爱十分可笑，但在我看来，许多富商贵胄最好的朋友对他们的感情也没有菲利波对他的瘸腿小黑狗的感情来得真挚。菲利波给小狗取名叫菲利皮诺，小名菲诺。他对待菲诺就像对待孩子一样，极尽温柔。他跟它说话，喂它吃美味的小点心，还让它在自己的小床上睡觉，常常陪它玩儿很久……总之，他把

自己不幸的人生中的所有的爱都倾注到了这个聪明的小动物身上，因此也引来了所有人的嘲笑，但是，马上你们就会看到，这种喜爱一点儿也不好笑，因为它不仅给小黑狗和小矮人，也给整个卡多林家族带来了一场巨大的灾难。我为一条瘸腿的小黑狗讲了这么多话，你们可别烦，这种小事招致大祸的例子可一点儿都不少。

　　许多高贵、富有又英俊的男子看

中了玛格丽特，对她的芳容魂牵梦绕，可她却始终矜持孤傲、冷若冰霜，仿佛根本看不到任何男人似的。她不仅在母亲——朱斯蒂尼亚尼家族的玛丽亚夫人——去世前，受到了严格的管教，而且天生就性情高傲，抗拒爱情，被人们称为"威尼斯最狠心的女人"。帕多瓦的一位年轻贵族男子为了她与一位米兰军官决斗身亡。当别人告诉她这个消息并转告她那位男子临死前留下的遗言时，她白皙的额头上却连一丝阴影都看不见。别人为她作的诗歌，她只是用来打趣。城中最富声誉家族的两位男子几乎同时向她求婚，她不顾父亲的强烈反对和苦心劝说，硬是回绝了两位男子，致使家中纷争不断。

不过，挥着翅膀的小丘比特是一个淘气包，它可不愿意放过任何一个目标，尤其还是这么一位可人儿。我们总能听到这样的故事，越是难以接近的孤傲女子，坠入爱河时，越是迅速、热烈，就像最严寒的冬天过后总会迎来最温暖的春光。在穆拉诺岛花园的一次宴会上，玛格丽特把心许给了一位刚从黎凡特①归来的年轻骑士和航海家。这位年轻人名叫巴尔达萨尔·莫罗西尼，不管是地位还是外表，他都不输给看上他的玛格丽特。玛格丽特轻盈白皙，男子健壮黝黑。他的外表有长期在海上漂泊、远航异邦的印记。他是一个十足的冒险家，深棕色的额头上闪着智慧的光辉，鹰钩鼻子上方深邃的眼中闪烁着敏锐炙热的目光。

不出意外，他也很快注意到了玛格丽特，打听到她的芳名后，就立马去和她还有她父亲搭讪，介绍自己，说了一堆的客套语和恭维话。宴会一直持续到午夜，他在合乎礼数的范围内一直待在她左右。玛格丽特也仔细聆听他说的话，即使是他与别人的对话，她听得也比听福音时更上心些。想想就知道，别人常常会让巴尔达萨尔先生讲述他的旅程、他的事迹和他遇到过的危险。他彬彬有礼，讲得兴致勃勃，大家都爱听他讲故事，但其实他

---

① 历史上一个模糊的地理名称，相当于现代的地中海东部地区。

所有的话都只是为了说给一个人听，而这位听众也是一点儿细节都不想错过。他用极轻松的语气讲述着最奇异的冒险经历。他没有像很多海员（尤其是年轻海员）那样格外突出自己的形象。只有一次讲到与非洲海盗打斗时，提到自己受了很重的伤，伤疤横在左肩上，长长的一条。玛格丽特听得惊心动魄，既向往又害怕。

宴会结束后，他送玛格丽特和她父亲乘上贡多拉，与他们告别，在岸边站了好一会儿。等到漆黑湖面上的贡多拉的火炬行列渐渐远去，一直消失在视线中，他才返回朋友的花园洋房。在那里，贵族青年们在美女们的陪伴下，一起品尝着希腊黄葡萄酒和阿克米斯红甜酒，度过温暖余夜。青年中有个叫詹巴迪斯塔·真塔里尼的，是威尼斯最富有、最纨绔的青年男子之一。他走到巴尔达萨尔身边，碰碰他的胳膊，笑着说："我本来满心希望你今晚能给我们讲讲你旅行中的艳遇，现在看来是泡汤了，你的心被美丽的玛格丽特偷走喽！但你知道吗？这个女人是一个铁石心肠的人。她就像乔尔乔内的画一样，完美无瑕，但是没有血没有肉，只能远观。说真的，我劝你离她远点儿——还是你想做第三个被她拒绝的人，就此沦为玛格丽特的仆人们的笑柄？"

巴尔达萨尔只是笑了笑，觉得没必要跟他多解释。他饮尽了几杯油黄色的塞浦路斯甜酒后，就先行回家了。

第二天，他寻了一个合适的时间，到华丽的卡多林府去拜访巴蒂斯塔·卡多林，使出浑身解数赢得他的好感。晚上，他请了一群歌者和乐手给美丽的玛格丽特小姐奏唱小夜曲，收效甚佳：她靠窗站着欣赏表演，还到阳台上待了一小会儿。自然，这个轰动事件一下就在整个城里传开了。还没等巴尔达萨尔穿上礼服，去向玛格丽特的父亲坦诚他的追求，闲人们和长舌妇们就已经开始议论订婚之事，猜测他们的婚礼可能会在哪天举办了。他不屑于当时的礼俗，没有让他的朋友去帮他说媒，而是亲自登门求娶佳人。很快，那些爱八卦的"百事通"就欣喜地看到，他们的预言成真了。

当巴尔达萨尔向卡多林先生表达自己想成为他的女婿时，老先生陷入深深的窘迫中。

"我最心爱的年轻人，"他恳切地说，"我绝不是低估你的求婚会给我们家族带来多大的荣耀，但我诚恳地请求你收回这个请求，这会为彼此省去很多烦恼和麻烦的。你常年在外，可能不知道，我这个倒霉女儿之前因为没有任何理由就拒绝了两位优秀青年的求婚给我惹来了多大的麻烦，她对爱情和男子一点儿兴趣都没有。我承认我有点惯坏她了，我对她的倔脾气可是一点儿招都没有。"

巴尔达萨尔恭敬地听着，但并未收回求婚的请求。他设法鼓励忧心忡忡的卡多林先生，哄他开心，最后卡多林先生终于答应跟女儿谈谈。

大家应该都能想到玛格丽特小姐是如何回答的。虽然，为了维持高傲，她在父亲面前还故作矜持，提出了一些小小的异议，但其实在父亲问她之前，她心里早就说了愿意。得知玛格丽特同意后，巴尔达萨尔送上了一件精巧而贵重的礼物，然后在他未婚妻手上戴上了一枚金戒指，也第一次吻了她丰润又骄傲的嘴唇。

这下威尼斯人可有得看、有得聊、有得羡慕了。没人曾见过这么一对璧人：两人都高挑颀长。她金发秀丽，他黑发如墨。他们都高昂着头颅，因为不管在地位还是傲气上，两个人都不甘示弱。

只有一件事让准新娘不太高兴，就是她的未婚夫不久后得再去一次塞浦路斯，去谈妥几桩重要的大生意，从那里回来后才能举办婚礼。现在，全城的人期待这场婚礼就像盼望一场公众盛典一样呢！当下，这对新人尽情享受着属于他们的幸福。表演、礼物、情歌，巴尔达萨尔都统统奉给自己的准新娘，而且他也尽可能多地与玛格丽特待在一起。他们还不顾礼法，乘着遮得严严实实的贡多拉一起秘密出行了几次。

如果说玛格丽特是一个高傲狠心的女子——这一点在娇生惯养的贵族小姐身上不足

为奇，而她的未婚夫则是天生傲慢，从不顾及他人；而且由于常年出海，年轻有为，他就更不会收敛性子了。追求的时候表现得越是殷勤，越是彬彬有礼，达到目的后就越会本性暴露，越来越放肆。他天性暴躁专横，作为海员和富商，早已习惯随心所欲，完全不顾及别人的感受。奇怪的是，从一开始，他的准新娘身边的一切就令他十分厌恶，尤其是那只鹦鹉、那只叫菲诺的小黑狗和那个小矮人菲利波。每次见到他们，他都会很恼火，并且想方设法折磨他们，或是让玛格丽特讨厌他们。每次他走进家门，说话声音在旋梯上响起时，小黑狗就呜咽着躲起来，鹦鹉就开始拍着翅膀大叫，菲利波就闭紧双唇，沉默隐忍。这里，我必须说一句公道话，虽然玛格丽特没有为动物们说什么，但她为菲利波说了一些好话，并且有时还试着为可怜的菲利波争辩几句。当然，她也不敢惹怒她的心上人，既没有办法阻止一些小的折磨和刁难发生，也不愿为此费心。

鹦鹉很快就迎来了它的末日。有一天，巴尔达萨尔又折磨起它来，拿着小细棍戳它。鹦鹉被惹恼了，用坚硬锋利的鸟喙啄破了他一根手指。结果，巴尔达萨尔接着就命人扭断了鹦鹉的脖子，把它扔到房子背面那条又暗又窄的小河里去了。鹦鹉就这样孤独地惨死了。

不久后，小黑狗菲诺的厄运也到来了。平时，巴尔达萨尔一走进房子，小黑狗就躲到楼梯的暗角里，不让自己被发现，但有一次巴尔达萨尔可能是把什么东西落在贡多拉里了，不想交代下人去办，上楼后又意外地从楼梯上掉头走下来。由于受到了惊吓，菲诺突然汪汪大叫，慌张得上蹿下跳，差点儿让巴尔达萨尔摔一跤。他与菲诺跟跄着一起冲到了门厅里。菲诺因为害怕一直跑到了大门口。大门口有几级宽石阶伸入河水中，他骂骂咧咧，狠狠给了菲诺一脚，把它踹进了河中央。

这时，菲利波听到了菲诺的叫声和哀嚎声，赶忙跑到大门口，看到巴尔达萨尔正津津有味地欣赏那只惊恐的瘸腿小黑狗在水里挣扎。玛格丽特也听见了吵闹声，走到了一楼阳台上看看究竟是怎么回事。

"看在上帝的份上，求您划一条船过去吧，"菲利波气喘吁吁地朝她喊，"主人，快，救救它！它快淹死了！啊，菲诺！菲诺！"

巴尔达萨尔笑着命令正要放船的船夫不许救它。菲利波正想再求求玛格丽特，但玛格丽特一言未发地离开了阳台。菲利波跪在虐待者面前，恳求他饶小黑狗一命。巴尔达萨尔不耐烦地背过身，严厉地命令他回房子里去，而他自己则一直站在船阶上，看着拼命喘息的菲诺一点点完全沉入水底。

菲利波走到顶楼，坐在一个小小的角落里，双手托着大脑袋，两眼直直盯着前方。一会儿来了一个侍女，说玛格丽特要见他；过了一会儿又有一个男仆来叫他，但他始终坐在那里一动不动。一直到深夜，他还在顶楼上坐着，玛格丽特亲自拿了一盏灯上来看他。她站在他面前，盯着他看了一会儿。

"你为什么不起来？"她问道。菲利波没有回答。"你为什么不起来？"她又问了一次。菲利波看着她的脸，小声问："您为什么要杀死我的小狗？"

"你的小狗不是我杀的。"她争辩道。

"您本可以救它，却见死不救。"他哀号道："哦，我的宝贝！哦，菲诺，菲诺！"

玛格丽特生气了，责命他站起来去睡觉。菲利波一言不发，默默遵从了命令。往后的三天，他一句话都没说，整个人像丢了魂儿一样，饭菜也没怎么吃，对于周围发生的事和闲言碎语也一概漠不关心。

这几天，玛格丽特心里一直十分不安，她从很多人那里听到了一些关于巴尔达萨尔风流事迹的流言蜚语，这让她十分忧虑。大家都说巴尔达萨尔在旅途中风流快活，是一个不折不扣的浪子，而且在塞浦路斯和其他很多地方都有一众情妇。这也确实是实情，玛格丽特心里充满了怀疑和恐惧，她一想到未婚夫即将踏上新的旅途就唉声叹气。最后，她终于忍不住了，一天早上，当巴尔达萨尔来看她时，她向他说出了一切，丝毫没有掩饰自己的担忧。

他笑了，说："我最爱的美人，他们说的可能有一部分是编的，但大部分都是实情。爱情就像滚滚巨浪，向我们奔涌而来，将我们冲高，卷着我们向前走，我们一点儿办法都没有，但我心里知道，我对这么高贵的妻子，我心爱的小宝贝负有什么责任。这一点你不用担心。我以前经常会见到一些美女，也爱过她们中的几个，但她们可一点儿都不能跟你比。"

他的力量和勇气仿佛有魔力，让她安静了下来，不再追问。她笑着抚摸他坚硬黝黑的大手，但他一走，那种担忧感又再次袭来，让她心慌意乱。如此骄傲的玛格丽特终于也尝到了爱情隐秘又卑微的痛楚，感受到了嫉妒的滋味。她在绸被里辗转反侧，难以入眠。

由于内心苦闷，玛格丽特去寻求菲利波的帮助。这几日菲利波又恢复了常态，假装自己已经忘了菲诺的惨死。他又像往常一样坐在阳台上，或是读书，或是讲故事，陪着玛格丽特晒头发。只有一次，玛格丽特又想起了那件事。当时，玛格丽特问菲利波在想什么，菲利波用一种很奇怪的声音回答："我仁慈的主人，愿神灵庇佑您的家族。我即将离开，或生离，或死别。""为什么呢？"她问道。他用一种好笑的姿势耸了耸肩，回答说："我的主人，这是我的预感。鹦鹉死了，小狗也死了，菲利波还留在这里做什么呢？"她严肃地制止了他的话，他也就此打住。直到玛格丽特觉得他不再想这些事了，才完全恢复了对他的信任，但当玛格丽特向他吐露自己的心事时，他却拼命维护巴尔达萨尔，而且一点儿也没让玛格丽特看出来他对巴尔达萨特依然怀恨在心。至此，菲利波又重新赢得了玛格丽特的欢心。

夏日的一个傍晚，凉爽的海风丝丝拂过，玛格丽特和菲利波乘着贡多拉在水面悠荡。当船快要接近穆拉诺岛时，远远看去，整个城市仿若悬在波光粼粼的潟湖上的洁白幻影。这时玛格丽特让菲利波给她讲一个故事。她慵懒地靠在黑色软榻上，菲利波背靠着高高的船头，面对着她坐在船上。太阳挂在远山边，山体在粉色雾气的笼罩下一片朦胧，穆拉诺岛上响起钟声。夏夜温热惹人醉。船夫昏昏欲睡，漫不经心地摇着船桨，水藻漂摇的河水倒映出他佝偻的身影和漂荡的小船。有时会有货船或挂着拉丁帆的渔船缓缓驶过，三角风帆暂时掩住了城市远处的塔楼。

"给我讲一个故事！"玛格丽特命令道。菲利波低下他沉沉的大脑袋，玩弄着丝绸礼服上的流苏，沉思了一会儿，讲出了下面这个故事：

当年，我父亲经历过一件不寻常的事。那是在我出生前很久，他当时还住在拜占庭。他从一个住在士麦拿[1]的波斯人那里学习了医术和幻术，并且两样都很精通，因此平时他就做一些医生和顾问的生意，为人纾困解难。我父亲是一个正直善良的人，只靠自己的手艺生存，从不靠坑蒙拐骗和阿谀奉承来谋取利益，因此也备受江湖骗子和庸医们的刁难。他一直希望能有机会回到自己的家乡，但又不想身无分文地回去。他至少要在外国挣到些微薄的财产，因为家乡还有一众父老乡亲在忍饥挨饿呢。当我父亲看到越来越多的骗子和无能者不费吹灰之力就变成富豪，而他自己却在拜占庭屡屡受挫时，就越加悲伤，甚至开始怀疑不靠些特殊手段能不能脱离贫困。因为他虽然完全不缺顾客，而且还帮助了成百上千的人摆脱困境，但这些人大多是贫苦百姓，他根本不好意思收他们的钱。

窘境之下，我父亲还是决定一文不名地徒步离开这座城市，或者到船上找一点儿生意做，但他打算再等一个月，因为根据占星术的测算结果，一个月之内

---

① 土耳其第三大城市伊兹密尔的旧称。

他可能会交到好运。时间缓缓流逝，一切如常。到了这个月的最后一天，我父亲伤心地把他本就不多的行李打包好，打算第二天清晨上路。

最后一天的晚上，他在城外的海滩上来回踱步，可以想象，他当时有多么绝望。太阳早已落山，星辉斑驳地洒在平静的海面上。

这时，我父亲突然听到不远处传来一声哀叹。他环顾四周，一个人也没看到。他一下子害怕起来，觉得这个声音是他远行的坏兆头。接着，又传来一声更响的哀叹声。他鼓起勇气问道："是谁在那儿？"接着，他听到海岸边响起啪嗒一声，他转过头去，在微弱的星光中看见地上有一个明亮的身影。他猜想，那人可能是刚从海难中逃过一劫或者是在这儿洗海水澡的，便热心地走上前去帮忙。接着，他却怔住了，美丽纤长、洁白无瑕的海神正半个身子露在水面上。没人能描述他看到这一幕时有多惊讶，尤其是当海神用恳求的语气问他："你是住在黄巷子里的那个希腊术士吗？"

"正是在下，"他无比亲切地回答，"您需要我帮您做什么？"

年轻的海神开始诉苦，她伸出修长的双臂，连连叹息，说自己对爱人求而不得，请求我父亲可怜可怜她的思慕，为她调制一味强效迷情酒。她认真地望着我父亲，眼神里充满了恳切和哀伤。我父亲被她打动了，立马决定要帮助她，但他先问了她想用什么来报答他。她承诺，事成之后送他一串能在脖子上绕八圈的极长的珍珠项链。"但这个宝贝，"她又继续说，"要等我看到你的巫术真的有效后才能给你。"

这一点我父亲一点儿也不担心，他对自己的手艺很有把握。他快步走回城里，重新打开已经打包好的行李，用最快的速度准备好海神要的强效迷情酒，好在午夜刚过的时候回到海神等他的岸边。他把装着强效迷情酒的小瓶子递给她。海神激动得连连致谢，并且叮嘱他明天晚上一定要来海滩拿她的谢礼。他回了家，怀着急切的心情度过了接下来的一夜一天。因为虽然对迷情酒的效力并不担心，但他并不知道海神的话是否可信。怀着这种担心，第二天夜幕刚一降临，他就动身去了海滩，没等多久，海神就从海浪中跃了出来。

我可怜的父亲难以置信他的技艺造成了什么样的后果！海神微笑着向他走来，用右手递给他一条沉甸甸的珍珠项链。他看到她怀里抱着一个俊美无比的少年，从着装可以看出他是一个希腊水手。他面色惨白，鬈曲的头发漂在水上，海神温柔地把他往怀里搅了搅，轻轻摇着他，就像在哄一个小孩儿。

我父亲看到这一幕惊叫了出来，大声咒骂自己和这该死的手艺，而海神则突然抱着死去的情郎沉入了海底。海滩上，那条珍珠项链还安静地躺在地上。事已至此，无法弥补。我父亲捡起了项链，掩在大衣下带回了家。他把珍珠一颗一颗拆下来，以便能拿去卖钱。拿着卖珍珠所得的钱，他登上了一艘去往塞浦路斯的大船。他相信所有的苦难已经就此终结，但这笔钱所沾染的无辜少年的鲜血却让他连遭厄运，狂风暴雨和海盗夺去了所有钱财，后来还遭遇了海难，直至两年后，他才一路乞讨着回到了家乡。

玛格丽特靠在软垫上，全神贯注地听着整个故事。菲利波讲完之后不再说话，玛格丽特也陷入了沉思。直到船夫停了船，等待她发出回程的指令，她才如梦方醒，向船夫招招手，拉上了船舱的帘子。船夫迅速掉转船头，贡多拉在水上像一只鸟迅速向城市飞掠而去。蹲坐在船上的菲利波一脸严肃，静静望着黑漆漆的潟湖，好像已经又开始构思一个新的故事了。船很快就到了城里，飞快地滑过帕纳达河与其他几条小运河后，他们终于回到了家。

这一夜，玛格丽特心事重重，睡得很不安稳。就像菲利波预料的那样，听过迷情酒的故事后，她心里开始盘算这个主意，想用同样的手段牢牢锁住未婚夫的心。第二天，她开始跟菲利波聊这件事，但没有直说，而是扭扭捏捏地打听了关于迷情酒的各种各样的问题。她对这种酒充满好奇，问菲利波是怎么调制出来的，如今还有没有人知道调酒的秘方，对人体有没有害，味道会不会让人起疑。机灵的菲利波对所有问题都回答得含糊而随便，就好像一点儿都没看出来玛格丽特的小心思。玛格丽特只好越说越明，最后只得直接问他威尼斯有没有会调制这种酒的人。

菲利波笑道："我的主人，您也太小瞧我啦，我的父亲可是一位大师，您觉得我连这种最简单的巫术都没从他那里学会吗？"

"这么说你自己就会配制迷情酒？"玛格丽特开心地叫出来。

"这是再简单不过的了，"菲利波回答，"但我想不出来您要用我这点儿小把戏来做什么？您想要的都已经有了，未婚夫又是这么英俊多金。"

但玛格丽特并未放弃，强烈要求他制作迷情酒。他虽然表现得不情不愿，但最后还是答应了。玛格丽特给了他一笔钱，让他去购置配料和秘密药剂，还承诺他事成之后送他一份大礼。

两天后，他就配制好了迷情酒，把它装在一个从玛格丽特梳妆台上拿来的蓝色小玻璃瓶内，贴身带着。巴尔达萨尔很快就要启程去塞浦路斯了，必须赶快行动。之后有一天，巴尔达萨尔说这个季节烈日炎炎的，没人会出门游玩，因此向他的准新娘提议下午来一场秘密出游。玛格丽特和菲利波都觉得时机到了。

到了约定的时间，巴尔达萨尔乘坐的贡多拉驶到玛格丽特家的后门。玛格丽特早已和菲利波等在那里了，菲利波手里拿着一瓶葡萄酒和一小筐桃子。主人们上船后，他也跳上船，来到船尾，坐到了船夫脚边。看到菲利波跟着上了船，巴尔达萨尔有些不悦，但忍住没说什么，因为离远行没几天了，他觉得最后这几天尽量满足爱人的小愿望是一个好主意。

　　船夫开船，巴尔达萨尔紧紧拉上窗帘，在遮得密不透风的船舱里跟他的准新娘腻腻歪歪。船驶过巴卡罗利河，菲利波安静地坐在船尾，远眺着两岸古老而阴森的高房子。经过古老的朱斯帝宫殿和旁边的小花园，小船驶到了大运河末端的潟湖上。众所周知，现在那个角落坐落着美轮美奂的巴洛奇宫。

　　有时，船舱内会传来一阵轻轻的笑声、亲吻声或对话片段。菲利波一点儿也不好奇。他时而看看波光粼粼的水面，时而望望圣乔治·马焦雷岛上的窄塔，时而瞧瞧身后广场上的狮柱。他一会儿眯着眼看看奋力划桨的船夫，一会儿用船板上捡到的柳条抽打水面。他的大脸一如既往的丑陋、僵硬、不动声色，一点儿都看不出来在想什么。这时他正想着被淹死的小狗菲诺和被掐死的鹦鹉，并且想到，不管是动物还是人，无时无刻不与死神为伍，世界上的一切都无法预言，无法知晓，只有死亡是唯一注定的。他想起他的父亲、他的家乡和他短暂的一生。他想到世界各地智者总是为愚人服务，多数人的人生只是一出蹩脚的喜剧，他的脸上浮现出一丝嘲讽。他低头看了看自己身上的锦绣华服，笑了。

　　当他还静静坐着苦笑时，期待了许久的一刻终于到来了。船舱里传来巴尔达萨尔的声音，接着又是玛格丽特的喊声："菲利波，你把酒和杯子放哪儿去了？"巴尔达萨尔有点儿口渴，这正是让他喝下迷情酒的好机会。

　　他打开那个蓝色的小瓶子，把药剂倒进酒杯，又往里斟满红酒。玛格丽特拉开帘子，菲利波拿来了桃子，给巴尔达萨尔奉上一杯红酒。玛格丽特向他投来询问的眼光，看起来很紧张。

　　巴尔达萨尔端起酒杯放到嘴边。这时，他的目光落到了面前站着的菲利波身上，突然心生疑窦。

　　"等等，"他叫道，"你这种人诡计多端，不足信。我要看你先喝一口，才知道它有毒没毒。"

菲利波神情自若。"这是好酒。"他恭顺地回答。

但巴尔达萨尔还是不信。"小子，难道你是不敢喝吗？"他恶狠狠地问。

"抱歉，主人，"菲利波回答，"我不太会喝酒。"

"我现在命令你喝。你要是不喝，我一滴也不会喝的。"

"别担心。"菲利波微笑着弯下腰把巴尔达萨尔手里的酒杯接了过来，喝了一口，又把酒还给他。巴尔达萨尔看没什么问题，便把剩下的酒一饮而尽了。

骄阳似火，水面闪闪发光。这对恋人又躲到了帘子后面。菲利波坐到侧面的船板上，手覆着宽宽的额头，双唇痛苦地紧闭着。

他知道，自己的生命行将终结。那瓶酒其实是毒酒。站在鬼门关前面，他的脑海中升腾出一种奇怪的渴望。他回望那座城市，想起刚才那种思绪。他无言地望着闪光的水面，回想自己这一生。他的一生单调无聊，穷苦可怜——为愚人服务的智者，一出空洞的蹩脚喜剧。他感到自己的心跳渐渐乱了节拍，额头上布满汗珠，不禁发出一阵苦笑。

没有人听到。船夫昏昏欲睡地站在船尾。帘子后面，巴尔达萨尔突然发病，美丽的玛格丽特大惊失色，手忙脚乱，看着爱人的身体在自己怀里逐渐冰冷。她撕心裂肺地叫喊着冲出来，看到菲利波穿着锦衣华服躺在地上，已经安详地死去了。

这是菲利波为小狗之死实施的报仇计划。贡多拉载着两具尸体返回，整个威尼斯一片哗然。

玛格丽特小姐回去后精神失常，但又挨了许多年。有时，她靠在阳台的栏杆上，向来来往往的贡多拉叫喊："救救它！救救那只小狗！救救菲诺！"但人们早已习以为常，不再理会她了。

（1903年）

影子戏

宫殿宽阔恢宏的立面是由浅色石头垒成的，从大大的窗户望出去，可以看到莱茵河与芦苇荡构成的令人心旷神怡的明媚景色。再远处，淡青色的远山连绵起伏，白云从山顶飘过。宫殿倒映在静谧的河水中，像一位美少女，在水中孤芳自赏。观赏灌木的嫩枝一直伸到河里，白色的贡多拉在河上沿着墙漂荡。宫殿阳面没有人住，自从男爵夫人消失之后房间就一直空着，只有一个最小的房间仍跟以前一样住着诗人弗洛里伯特。女主人让自己的丈夫和这座宫殿蒙了羞，她过去拥有无数的宫廷侍从，如今这里就只剩下白色的贡多拉和这个沉默寡言的诗人了。

自从不幸发生后，宫殿的主人就心灰意冷地搬到了阴面居住。一座罗马时期的巨大的独立塔楼遮住狭窄的庭院，墙壁阴暗潮湿，窗户狭小低矮，紧靠庭院的地方有一个昏暗的公园，里面生长着一大片古树，有枫树、杨树和毛榉树。

诗人一直在宫殿阳面寂寞地独自生活，要吃饭就去厨房，常常连续几天都见不到男爵一面。

"我们待在这个宫殿里，活得像一个影子。"他对一个来探望他的青年时代的朋友说。那个朋友在这死气沉沉的冰冷房子里只住了一天就离开了。弗洛里伯特曾为男爵夫人的同伴们写过寓言和赞美诗，在这个欢乐的家庭解体后，他很自愿地留了下来，因为他性情寡淡，比起忧郁宫殿里的寂寞生活，他更怕纷繁世事和疲于奔命。他已经很久没作诗了。当西风渐起，他的目光越过河流和黄色的芦苇荡，看着远处黛山连绵起伏，白云袅袅；当夜晚，听着高大的树木摇摇晃晃的声音，他会在脑子里想出无法记录的无词长诗。其中一首叫《上帝的呼吸》，是关于温暖的南风；还有一首叫《心灵慰藉》，是他在观赏春日绚丽的草坪时有感而发的。因为这些诗没有词句，弗洛里伯特吟不出也唱不了，但有时他能梦到、感受到它们，尤其是在晚上。此外的大多数日子他是在乡间度过的。他在村子里跟金发小孩儿玩耍，见了少妇和姑娘就像见了贵妇一般脱帽问候，逗得她们哈哈大笑。他最开心的日子是遇见阿格娜丝夫人时。阿格娜丝夫人有一张少女一般的面庞，容貌美丽，远近闻名。他向阿格娜丝夫人深深鞠躬问候。美丽的夫人笑着点头，看着他窘迫的眼睛，然后宛如一道灿烂的阳光，微笑着继续向前走了。

阿格娜丝夫人住在荒芜的宫殿公园旁边唯一的一栋房子里。房子以前是男爵的廷臣私邸。她的父亲以前是守林人，因为完成了某种特殊任务，现任主人的父亲把这栋房子送给了他。阿格娜丝很早就嫁为人妻，但年纪轻轻就成了寡妇。父亲死后，她带着一个女仆和一个盲姑母独自住在这栋冷清的房子里。

阿格娜丝夫人总是穿着崭新的衣服，虽然款式简单，但是色彩柔和、美丽大方。她的脸如少女般年轻娇小，深棕色的头发编成辫子盘在头上。在男爵夫人不光彩的事情被揭发以前，男爵就爱上了她。他早上与她在树林里幽会，晚上带她乘船去芦苇荡里的芦苇小屋。她少女般的小脸微笑着靠在他早白的胡子旁，她细嫩的手指与他强硬的打猎之手交叉缠绕。

阿格娜丝夫人每到节庆日就去教堂祷告，给乞丐布施。她看望村子里的贫穷老妇，给她们送去鞋子，为她们的孙儿梳头，帮她们做针线活。男人们都追求阿格娜丝夫人，要是谁得到了她的青睐并出现得恰逢其时，她会允许他们吻她的手，甚至吻她的嘴唇；要是谁足够幸运又长相英俊，夜里还可以放心地爬进她家窗户。

所有人对此都心知肚明，男爵也是，但美丽的阿格娜丝夫人依然微笑着走她的路，目光纯洁得像一位未动凡心的少女。偶尔会出现一位新的倾慕者，小心翼翼地追求她，仿若追求一份无法触及的美丽。追求者沉浸在征服美人的满足感和成就感中，对于其他男人拱手相让还冲着他笑感到十分不解。她的房子静静坐落在昏暗的公园边缘，墙上爬满蔷薇，寂寞得像一个森林童话。她住在里面，进进出出，娇艳欲滴如夏日早晨的玫瑰，不老的容颜闪耀着明净的光芒，沉重的发辫盘在头顶像一顶花环。贫穷老妇吻她的手，为她祝福；男人们向她深深鞠躬问候，微笑地注视着她的背影；孩子们跑到她跟前向她乞讨，让她摸摸自己的脸蛋。

"你为什么要这样？"男爵有时会问她，阴沉的目光中含着威胁。

"你有什么资格管我？"她吃惊地问，手里把玩着深棕色的头发。

最爱她的人是弗洛里伯特——那个诗人。他看见她的时候，心会不自觉地狂跳。当听到关于她的不好的流言时，他会难过，摇摇头不愿相信这些传言。要是孩子们说到她，他就会一下子关注起来，仔细偷听，就像在听一首歌一样。在他脑海里的所有想象中，阿格娜丝夫人的画面是最美的。他将她包围在所有他爱的、他觉得美的东西中间——西风、蓝色的远方和一片片浅色的春草。他将无忧无虑的童年生活中所有的渴望和真诚都融进了那个画面里。初夏的一个夜晚，在漫长的沉寂之后，冷冷清清的宫殿迎来了一点儿新的

生机。嘹亮的号声在院子里吹响,一驾马车驶进来,哐啷作响。男爵的弟弟带了一个贴身侍从来做客。男子高大英俊,留着山羊胡,一双战士般的眼睛凌厉含怒。他在汹涌的莱茵河中游泳,为了找乐子射杀银鸥,时不时骑马去临市喝得醉醺醺地回家,偶尔愚弄一下好脾气的诗人,还每隔几日就跟哥哥来一顿争吵。他提出了一千种建议,让哥哥对城堡大修大建,这儿要改,那儿要整。他说得轻巧,因为他通过结婚变得富有,而城堡主人却比较清贫,一直生活在不幸和苦闷中。

他来城堡探望哥哥本是一时兴起,刚来的第一周就后悔了,但他一直住着,只字未提要离开的事,他要是走,哥哥一点儿都不会难过的。他见到了阿格娜丝夫人,并开始追求她。

过了没多久,夫人的女仆就穿上了他送的新衣裳。又过了没多久,女仆就开始在公园墙边收到他的侍从送来的书信和鲜花。又过了几日,夏日中午,男爵的弟弟在林间小屋中与阿格娜丝夫人幽会,吻上了她的手、她的樱桃小嘴和白皙的脖子。如果她去村子里时碰到他,他会脱下骑士帽行大礼,而她则会像一个十七八岁的小姑娘一样开心道谢。

后来,又过了不多时,在一个夜晚,男爵的弟弟正独自无聊,突然看见一艘船驶过水面,船里坐着一个划船人和一位美艳的女子。因为黄昏时分光线暗淡,他没能认清那是谁,但几天之后他越来越确信自己的判断,闷闷不乐。那个他每天中午在林间小屋倾心爱着、激动亲吻的女子,晚上却跟他哥哥在昏暗的莱茵河上划船,消失在芦苇荡边。

这位外来客变得郁郁寡欢,频做噩梦。他对阿格娜丝夫人的爱不是随便玩玩的,而是将她视若珍宝。如此温柔纯真的女人都因他的追求而折服。每一个吻,他都因欢愉和惊喜而颤动,所以,他给予她的比其他女人更多。他想起他的青年时代,于是用最多的体贴和温柔环抱她,就是她——那个夜里与他哥哥在黑漆漆的小路上漫步的女人。他恨得抿住自己的嘴唇,眼神里闪着愤怒的火光。

诗人弗洛里伯特还是照常过着他的清净日子，对身边发生的一切都不为所动，家里暗涌的压抑气氛也没有影响到他。虽然他并不喜欢客人有时戏弄他、折磨他一下，但这种事情他很久以前就早已习惯了。他尽量避开客人，总是待在村子里，或者在莱茵河畔跟渔民们待在一起，晚上则站在夹杂着花香的暖风中任凭思绪漫游。一天清晨，他发现院墙上今年的第一批蔷薇开花了。过去三年，每年夏天他都会把这种难得的蔷薇开的头一批花摘下来，放到阿格娜丝夫人的门槛上。他很高兴今年能第四次给她送去这种质朴的无名问候。

这天午间，男爵的弟弟在毛榉树林里与美丽的夫人相会。他没有问她昨天和前天晚上去了哪里。他用一种几乎让人害怕的惊奇的眼神注视夫人波澜不惊的无辜双眼。走之前，他说："今天晚上天黑以后我来找你，把窗户开着！"

"今天不行，"她柔声道，"今天不行。"

"但我想去找你。"

"下次吧，好吗？今天不行，我没时间。"

"今天晚上我过来，如果今天不让我来，那就永远不会再来了。你看着办吧。"

她挣脱他，离开了。

外来客躲在河边窥伺，从黄昏一直等到天黑，河面上没有船，于是他来到夫人家，藏在灌木丛里，将一把猎枪放在膝盖上。

夏夜寂静又温暖，茉莉花散发出浓郁的芳香，缕缕白云后面，满天的小星星现出微光。公园里唯一的一只鸟儿正在低声歌唱。

天差不多快全黑时，一个男人蹑手蹑脚地转过墙角，几乎有点儿偷偷摸摸的。他把帽子压得很低，但天这么暗，其实根本没必要这样做。他右手抱着一束白色蔷薇，花朵上暗暗闪着光泽。潜伏者视线瞄准，拉紧扳机。

来访者抬头看了看，房间里面没有一点儿灯光。他走到门口，弯下身子，在房门的铁门把手上印下一个吻。

这时，突然一道火光闪现，公园里回荡着巨大的爆炸声。抱花人双膝跪地，仰头倒在碎石上，躺在地上微微抽搐。

射击者在暗处躲了好一会儿，见没有人来，房子里也没什么动静，就小心翼翼走上前去查看那个中枪的人，发现那个人的帽子已经从头上滑落下来了。他惴惴不安，惊讶地认出躺在地上的人正是诗人弗洛里伯特。

"他也是一个！"他悲叹一声，走了。蔷薇散落在地上，有一朵正躺在血泊中间。村子里响起报时的钟声。淡淡的云彩遮蔽了天空，下面宫殿的塔楼像一个站着睡着了的巨人耸立在那儿。莱茵河浅吟低唱，缓缓流淌，黑漆漆的公园里那只寂寞的鸟儿一直歌唱到午夜。

（1906年）

神秘山

    黄山地处以秀美著称的群山之中，无人问津。它地势险峻，难以攀爬，但这一点儿也不能吸引人，因为周围还有数十座山势或缓、或险、或至险的山峰。黄山历来被都忽略，只有临近地区的人才知道它的名字，而且进山的路又远又不好走，大家都觉得它不值得一爬，估计山上风光也不值得一览。就这样，它因为多有落石、风口险恶、频降大雪、岩石风化而恶名昭昭。它立在秀美的群山之中就像一个毫无美感和吸引力的寒酸无聊的老者，不受重视，被人遗忘。它无名无望，但也因此没有遭到修路、盖房、架线、铺轨等行为的破坏。黄山的南麓兴许有几个牧场和小屋，但从那面是根本不可能游览或攀登的。那面的半山腰上有一面风化岩石构成的长长的垂直岩壁，贯穿整面山，岩壁在夏天会发出棕黄色的微光，黄山因此而得名。

    如果给山相面能比给人相面稍微靠谱一点儿，那么黄山一定是一个戒心十足又不好惹的家伙。黄山一面是满怀戒心的单调的崖壁，另一面则是斑斑驳驳、乱七八糟的碎石堆、冰碛和积雪，山顶则是有隘口的山脊，却没一个整洁像样的顶峰。

然而，它在这冷落中沉着坚守，默默看着邻居们备受欢迎而不为所动，也不生气。它还有好多其他事要忙呢：跟风暴和洪水奋战，保持岩沟和小溪里水流通畅，到了春天还要赶走积雪，精心照料无精打采的石松和山松，保护无忧无虑欢笑的花朵。这些事让它根本没空去想其他的。在夏天短暂的休息时分，它躺在阳光下呼吸新鲜空气，晒干自己，享受温暖。它恍恍惚惚地观看土拨鼠做游戏，聆听山下牧群美妙的铜铃声，有时能听见人类遥远、奇怪的动静。它很喜欢听这些声音，但并不好奇。在短暂夏日休闲时光里，它陌生又友好地向这些欢呼声、钟声、口哨声、枪声，还有山脚下其他无伤大雅的问候声点点头。在它看来，这些只是一个无忧无虑的童真世界在释放它的天性。当它想到风暴和洪水时，山顶上尽是痛苦、呻吟和毁灭。洪水将一切尽数冲毁，它就像在与上百个强大敌人战斗一般，想到这些它就透不过气，时而愤怒，时而惊恐。随后，它又听到山脚下温和轻柔的喧闹声，像是小孩子的声音，他们正在消磨夏日时光，并不知道自己以为坚如磐石、永远稳固的生命的土壤其实有多么稀薄。

然而，世界上没有什么最终是不会沦为人类欲望的目标的。最后总会有个人来，凝视它，抚摸它，好奇又不厌倦，像个孩子似的。

村子里有一个钟表匠的儿子叫策斯克·比昂迪，是一个充满热情却不太合群的年轻人。他一直未能找到普遍而正确的方法让自己的生命快乐起来，而且就连姑娘们都不能吸引他、逗他开心，虽然他很受姑娘们的喜爱，还能掌控住她们。策斯克生性骄傲，喜怒无常。兴致来了，他就对姑娘展开蛮横的追求，但还没等他把姑娘拥入怀中，从中找到一点儿乐子，享受到忘乎所以的感觉，阴郁之感就又席卷了他，于是，便会突然冷酷起来，转身离开，因此最后他处处树敌，只有几个依赖他而且也有点儿怕他的同伴还跟他有来往。

他要是晚上出去喝酒或要约人打架，就会叫上这些同伴；要是受够了他们，便把他们冷落在一旁。父亲传授过他制表工艺，但这个高大强壮的男人却并不满足于此。他成年后，只有在偶尔日子不好过时会发发善心，帮父亲干干活，其余时候就去做自己有兴趣的事。夏天，他还会当向导，带外地游客爬山，用一个夏天赚一整年的钱，但他也不是什么人都带的，有一回，一个外国人一脸惊奇地跟他说："在别处，向导在被雇用之前都要出示自己的资格证，在您这儿却是游客先要出示委任状，您才会带他们。"

除其他古怪的癖好外，他也早习惯了一个人独自在山中漫游。他怀着这种让自己喜怒无常的不满足感带来的激情去探寻植物和石头、动物并从中找寻乐趣，感受自己的力量，在跟困难和危险斗争的过程中证明自己。在山中，这个不受控制、不甚满足的人，冷血、顽强、无所畏惧。对于这个很少感受到生命之欢乐的人来说，危险和紧张感能让他从心里感到愉悦。当登上一座难以攀登的山峰，在上面稍事休息，将冰镐插到冰层中，坐在冰雪之上向前探身，用浅灰色眼睛望着上山的一路曲折时；当作为探路者和征服者，在人迹罕至的峡谷中研究石头，抛出绳索勾住一个经年的黑色岩角时，他那冷酷的面庞上有时会浮现出一种奇特的、充满孩子气的、野性的表情，像是在幸灾乐祸。他心里的控制欲秘密地庆祝着胜利。

他喜欢自己探路，不愿去别人已经探访过的地方，于是渐渐地，他越来越频繁地进入黄山的荒凉地区，那儿少有人踏足，那片遥远而原始的土地几乎未被发现。他渐渐爱上了这座久负恶名的山，昏暗的山峰也逐渐张开臂膀，向他展示自己的秘密宝藏。大山并未阻止这个孤独的男人来探访，来努力探寻它的秘密。策斯克和黄山之间慢慢建立起了一种半隐秘的关系，互相了解、互相认可。他发现，有些地方看似阻碍重重，其实却能够轻易到达。他在碎石中间发现了一些小小的夏日花，或捡一块漂亮的云母石，采几朵花带回家。黄山注视着他，默许他随意玩耍。

就这样过了一年多，但人类并不能毫无欲念、纯粹友好地爱着大自然。人类一旦感觉到畅快，觉得自己受到了欢迎，便想称王称霸，想抢夺，想战胜，想打败之前的朋友。策斯克便是这样的人。他爱黄山，他喜欢在山谷中和斜坡上漫步，他喜欢躺在山脚下休息。对黄山有了一定的熟悉感后，他便开始觉得不满足，一种控制欲涌上心头。

　　之前他只是探秘一下这座不知名的大山，时不时在山里闲逛几个小时，认识河道和雪崩道，观察石头和草木并满足于此。偶尔，他也会小心翼翼地试探着往高处爬一爬，想找出一条路能通往声名狼藉的顶峰。这时黄山便会默默收回怀抱，静静拒绝这份亲密。黄山向徒步者撒下一些落石，使劲儿误导他，让他筋疲力尽，往他脖子里灌北风，从他充满欲念的鞋底轻轻抽走几块脆裂的岩石。策斯克会有些失望，但他会懂事并听话地折返。他觉得黄山有些喜怒无常，但因为他自己也是这种怪脾气，所以也不能怪罪它什么。

　　但现在却不是这样了。在第二年夏末时，策斯克看黄山的眼神越来越贪婪，他习惯了不再将它视为朋友和偶尔散心的避风港，而是将它看作一个抗拒他的敌人。他现在坚持在山周围徘徊侦查，想要有一天对它发起进攻，打败它。他要用力量、用计谋，迂回而上，他立志要将这难以接近的大山踩在脚下。他的爱变成了嫉妒和怀疑。由于山沉默却坚决地抵抗，之前的种种喜爱已被痛苦和恨取代了。

　　顽强的攀登者向上爬了三四次，每次都小有进步，但每次他对自己也有了更高的要求，他要在这场旷日持久的战斗中成为胜者。现在，黄山的抵御也更坚决了，夏天结束时，策斯克坠落山崖，差点儿冻饿而死。他拖着一条断臂回了村，人们都以为他失踪了或是死了。他在床上养了一段时间。这期间，黄山上已经覆了新雪，今年是不能再做什么了。策斯克登山的想法越加坚定。现在，他真的恨这座不友善的山了，他不能气馁，一定要再次征服黄山。他现在已经知道自己想从哪条沟爬上去，对登顶之路也已经有了一些眉目。

次年初夏，黄山不快地看到它从前的朋友又逼近了自己，因为它正研究冬天和积雪消融给山带来了哪些变化。策斯克几乎天天来考察，有时还会带着一个同伴。最后，一天下午，他又来了，带着一个装得满满的背包，在同伴的陪同下，不疾不徐地爬到了黄山三分之一的位置，精心选了个合适的地方，拿出毛毯和白兰地酒，准备在此过夜。第二天清晨，他们两个人小心翼翼地从一片无人踏足的山坡开始了上山之路。

他已经知道有一段陡峭山坡到中午时分会有碎石滚落，无法通行，于是他们这次清晨就出发，轻松安全地通过了这条路。三个小时过后，困难才刚刚开始。他们两个人沉默无言，拉着绳索顽强地向上爬，绕过直上直下的悬崖，往上爬一会儿，发现走投无路，又吃力地折返了。接着，前面出现了一段好走的路，他们卸下绳索，努力往前走。随后，是一段比较容易通过的雪地，然后出现了一面光滑的垂直峭壁，远远看过去十分危险，但能看到峭壁上有一条小小的壁带。壁带的一部分长着草，而且宽度刚好够一只脚通过。策斯克觉得后面应该不会再有什么阻碍了。他明白这次是到不了山顶了，但看起来最大的困难已经被他克服了，下一次如果能避开今天的错路，他就能登顶了。而且他已经考虑好，若没有同伴，他一个人肯定也能爬上去，于是，决定下次挑一个好天气，自己再来爬山。当他作为第一人登顶黄山的时候，可不想旁边还站着其他人。

他开心地踏上狭道，像一只小山羊似的敏捷轻快地走在前面。

但他还到不了顶。岩壁转了一个弯，就在策斯克正在经过转弯处时，岩壁另一边突然向他吹来一阵狂风。他转过脸，抓住快要被吹跑的帽子，不小心踏错一小步，一下子消失在了同伴眼前，掉进了深渊。

同伴胆战心惊地俯身去看，他觉得应该能看见策斯克躺在下面深深的荒石堆里，可能已经死了。同伴冒着危险，恐惧不安地到处找了几个小时，也没有找到策斯克。最后，他不得不疲惫地寻找回家的路，以免自己也被大山吞噬了。到了深夜，他筋疲力尽又伤心地回到村子里，动员五个汉子组成一个救援队，一起去山里寻找策斯克。他们午夜时分背着铺盖和炊具上了路，准备在山脚下过一夜，早上起来再上山搜寻。

策斯克还活着，但腿和肋骨都摔断了。他此时正躺在悬崖脚下的一个石碓上。他听到同伴呼喊他，然后努力作出回应，但同伴没听到。后来，他又仔细听了几个小时，偶尔能听到同伴还在找他。他试着又喊了几次，但同伴似乎走错了方向，他为此感到十分气恼。他觉得他知道自己躺在什么地方，而这个位置一点儿都不难找。最后，他明白同伴肯定已经回去了，接下来的十几个小时就别想能等到救援了。

策斯克两条腿都断了，腹部刺入了一块碎片，疼得不行。他感觉自己伤得很重，已经不抱什么希望了。他倒是不怀疑大家最后能找到他，但到时自己是死是活就未可知了。他浑身都动不了，寒冷长夜马上要来临，身上的伤会要了他的命。

一个小时又一个小时，策斯克躺在地上小声呻吟着，脑子里想着一堆现在对他毫无帮助的事。他想起一个当初跟他一起学跳舞的姑娘，她现在已经嫁人了。那段他一见到她心就怦怦乱跳的日子，此刻想起来无比美好、无比幸福。他又想起一个同学，他当初为了那位姑娘曾把同学揍个半死。那个同学后来去了外地，应该是考上了大学，如今是山谷中唯一一位医生。他将会为策斯克包扎伤口，或者给他出具死亡证明。

策斯克回忆起自己无数次的徒步经历，想起自己第一次来到黄山的那天。他想到自己那时孤独执拗地在这片隐遁避世的荒地四处探索，慢慢爱上了这座山，他觉得这座山比人类更亲近。他忍着痛，转头望向四周，看着山顶。黄山静静注视着他的眼眸。他看到这个老家伙神秘而哀伤地矗立于黑暗中，山侧已被风化，看起来皱巴巴的，它古老而疲惫。深夜来临，一束苍白的微光从高处一闪而过，荒野上笼罩着阴森的陌生与寂寞气息。雾气带沿着沉默的岩壁缓慢而犹豫地到处游移。高远的天空中浮现出清冷的星图，远处峡谷中流动的泉水含糊不清地唱着歌。

策斯克用濒死的眼神看着这一切，仿佛第一次见到似的。他望着他原以为很了解的黄山，第一次看到它矗立在千年的孤寂和哀伤的威严之中。他看着黄山，第一次知道所有的存在，不论是山还是人、羚羊还是鸟、所有星星、所有被创造之物，都有逃不脱的宿命和结局，一个人的生与死跟大山里被泉水冲击，从山坡上滚落，最后在某处土崩瓦解或在阳光雨露下被慢慢风化的岩石并没有什么区别，也并没有不同的意义。当他呻吟着，怀着一颗冰冷的心等待死亡时，他感到一阵同样的呻吟，同样无法描述的绝望的寒冷穿过高山，穿过大地，穿过空气和星空。虽然很痛苦，但他却感觉并没有那么孤独；虽然他觉得死在这荒山野岭之中既可怕又毫无意义，但这并没有比每天到处都会发生的事更可怕。

　　一直以来，他都对人生不甚满意，心里对整个世界总有抵触，但此刻他却第一次惊讶地感受到了世界的和谐与美丽。很奇怪，他并不抗拒此时死去。他再次望向隘口重重的山脊。清冷的夜空下洒满星辉，他再一次听见不知何处的泉水在峡谷中打着漩儿，潺潺流淌。他感觉自己的双手已经变僵，在硬邦邦的脸上扯出一个短暂、野性、满意的微笑，看起来几乎是幸灾乐祸的样子。那个微笑意味着他理解并赞同所发生的一切。这次，他顽固的本性不再反抗，不再渴求其他，而是默许这一切。

　　黄山留下了他，他没有被人们找到。村子里的人都为他悲痛。他们本想在墓园好好安葬他，但他长眠于山石间，也并不比在墓园里差，与在漫长的生命终结后被埋葬在家乡某处教堂的阴影下并无两样。

（1908年）

诗人

　　相传，中国有一个诗人名为韩赋。他年轻时有一种奇特的追求——跟诗艺有关之事都想学，都想力求完美。他的故乡在黄河边上。还住在家乡时，他便在疼爱他的父母的协助之下，依着自己的心意跟一个好人家的姑娘定了亲，马上就要择吉日成婚了。韩赋当时二十岁左右，相貌俊朗，温和谦逊，知书达理，虽然年纪尚轻，但因诗作出众，在家乡文人中颇有名气。虽然他出身并不富裕，但是日后或许能飞黄腾达，而且姑娘的嫁妆还能锦上添花。姑娘楚楚可人，贤良淑德，这位年轻人似乎已经生活美满了，然而他却不太满足，因为他心里一直有一个愿望，立志要成为一位伟大的诗人。

　　一天晚上，河边街市上正庆祝花灯节，韩赋独自在河对岸徘徊。他靠在一棵垂向水面的大树上，望着水面上光影婆娑。他看到小舟和竹筏上的红男绿女们互相寒暄，身穿节日盛装，像花儿一般耀眼；他听到水流轻轻的咕噜声，歌女的歌声，纷繁的琴声，美妙的

笛声。淡青色的夜空仿若缓缓飘移的庙宇穹顶。他心潮澎湃，作为一个孤独的旁观者，随心所欲观察着这一切。他向往走过去参与其中，站在他的未婚妻和朋友旁，与他们共同欢庆佳节，然而，他更渴望作为一个细致的旁观者，用一首绝妙的诗歌来记录下这一切：青色的夜空、水面的光影、宾客的欢乐，还有靠在岸边大树上的安静的观察者的满心向往。

他感到似乎世间所有的节庆、所有的欢乐都无法让自己真正快乐。在生活中，他似乎是一个孤独者，在一定程度上也是一个旁观者、一个陌生人。他感到自己的心灵与别人不同，他必须同时感受到世间的美好和要作为陌生人的隐秘要求。他为此十分悲伤，思来想去得出一个结论：只有当他能用诗歌完美地反映这个世界时，他才会得到真正的快乐和深深的满足；只有在诗的影像中，他才能拥有一个纯净、永恒的世界。

韩赋听到一些细微的声响，看到树旁站着位神情庄重的陌生的紫袍老者，一时间竟分辨不出自己是醒着还是在做梦。他直起身子站好，向老者行长者之礼。紫袍老者微微一笑，吟出几句诗。短短数句把年轻人的所感所悟表达得淋漓尽致，正是大师之作。年轻人惊奇不已，心脏几乎停止跳动。

"请问尊驾是？"他深鞠一躬，问道，"为何您能看穿我的心，吟出比我老师水平还要高的绝妙诗句？"

陌生人再次露出神秘的微笑，说："你若想当诗人，便来找我。大河源头，西北山中，那儿能找到我的茅舍。我便是至言大师。"

紫袍老者走入狭长的树荫中，随即消失了。韩赋遍寻周围，未发现一点儿踪迹，于是坚信刚才只是疲累之梦罢了。他赶忙乘小舟去河对岸参与节庆，但在说话声和笛声中间，他总能听到陌生人那神秘的声音。他的魂儿似乎已跟着他飘走了，因为他坐在欢乐的人群中神情异样，眼神迷离。大家纷纷拿他的婚事打趣他。

几天后，韩赋的父亲想邀请亲戚朋友一起商量儿子的婚期。

谁知这时韩赋却推辞说："恕儿子不孝，您知道我一直希望能在诗学领域大展宏图，尽管一些朋友赞我诗作尚佳，但我深知自己还只是初出茅庐，资历尚浅，所以父亲，请您让我多独处一段时日，潜心向学，若是现在成家，有了羁绊，诗艺便不能精进了。现在我还年轻，没有什么其他重任，我还想独自为诗艺而活一段时间，盼望从中得到欢愉与荣誉。"

这番话让韩赋的父亲大吃一惊，他说："你对诗艺的热爱胜过一切，竟要为此推迟婚期，还是说你跟姑娘之间有了嫌隙？告诉爹，爹帮你劝劝她或者给你另觅佳人。"

韩赋却发誓说他对未婚妻的爱一如既往，不减半分，他们之间也没有嫌隙，同时，他给父亲讲了花灯节那天自己做的梦，大师的话让他意识到，成为他的门生是自己最渴盼的事，超过世界上所有的幸福。

"好吧，"父亲说，"我给你一年的时间。那梦可能是神仙托的，你就用这一年去追梦吧。"

"也可能要两年，"韩赋犹犹豫豫地说，"这谁能说得准呢？"

父亲悲伤不已，放他去拜师学艺。年轻人写了一封信跟未婚妻告别，就此离家了。

他行了很远的路，到达大河源头。在一片寂静幽清中，他寻到一个竹屋，竹屋前有一位老者端坐在草席上，正是他在岸边树旁见到的那位老人家。老者弹着琴，看到他恭敬地走近，并未起身也未问候，只是微微一笑。老者信手拨弦，一阵美妙的乐音就如白云掠过山谷一般缓缓流出。年轻人呆立一旁，惊奇不已，在诧异间忘记了一切，直到至言大师将琴放到一旁，进了小屋，他才毕恭毕敬地跟着大师进去，从此成了大师的仆从和门生。

一个月过去了，他将之前所作的诗悉数鄙弃，留出了记忆空间。又过了几个月，他将在家乡时从老师那里学的诗也尽数忘记。至言大师寡言少语，只是默默教他琴艺，直至他完全被音乐浸润。

　　一次，韩赋作了一首小诗，描绘了两只鸟儿在秋日高空中飞翔之景，自觉很是满意。他不敢把诗呈给至言大师看，但有一天晚上他自己在竹屋旁吟诵时被至言大师听到了，至言大师未发一言，他只是轻轻弹起琴，不一会儿，天气渐凉，天黑得越来越快，虽是盛夏，却有一阵寒风掠过，渐暗的天空中飞过两只白鹭。这一切都比韩赋的诗句更美妙，更接近完美。韩赋心中凄然，沉默不语，觉得自己一无是处。

　　至言大师每回都这样做。一年过后，韩赋的琴艺已臻完美，但他觉得诗艺仿佛对他而言越来越难，越来越崇高。

　　两年后，韩赋乡愁渐浓。他想念家人，想念家乡，挂念未婚妻，于是请求至言大师让他回去。

　　至言大师笑着点点头。

"你是自由身，"他说，"你想去哪里都行。是来是去，全凭你自己的心意。"

韩赋踏上了归乡之路，一路急行，不曾休息。直到一天清晨破晓时分，他终于回到了故乡的河岸边，目光越过拱桥望向对岸的家乡。他偷偷溜进父亲的园子，透过卧房窗户听见熟睡中的父亲的呼吸声。他又溜进未婚妻家的果园，爬到一棵果树上，从树梢间瞧见她正在房间里梳头。他将眼前所见之景与思乡时所描绘之景相对比，明白自己注定要成为诗人。他发现诗人梦中的美妙优雅是在现实中遍寻不见的。他爬下树，溜出园子，越过故乡的小桥，回到高山深谷中。同上次一样，至言大师坐在竹屋前破旧的草垫上信手弹琴。大师与他未曾寒暄，而是吟出两句表达艺术之乐的诗句。诗句意蕴深厚，语调优美，韩赋不禁热泪盈眶。

韩赋重新回到至言大师身边，因他已经掌握弹琴之妙，大师开始教他弹筝，几个月倏忽而过，时间如同西风中的雪花，飞扬飘散。后来韩赋又有两次思乡心切。有一回他夜里偷跑出去，但还没等他到山谷最后一个转弯处，夜风拂过竹屋门上挂着的筝，乐声追赶着他，唤他回去，他无力抵抗。还有一回他梦见他在园子里种了一棵小树苗，他的妻子站在一侧，孩子给树浇上酒和牛奶。他半夜醒来，月光洒进屋内，心烦意乱地起身，看到至言大师在旁边熟睡，白花花的胡子随呼吸微微颤动。一瞬间，他心头涌上一股难言的恨意，觉得是这个人毁了他的人生，诓骗了他的未来。他想猛扑上去杀了他。至言大师突然睁开眼，随即露出温和而悲伤的慈笑，这让他只能缴械投降。

"韩赋，你记住，"至言大师轻声说，"你是自由身，你可以随心而行。你可以回乡种树，也可以恨我杀我，都没关系。"

"哎呀，我如何能恨你呢。"韩赋激动地说，"恨你如同恨天哪。"

于是，他留在至言大师身边继续学弹筝，后来又学吹笛，然后开始在大师的指导下作诗。他慢慢学会了那种秘密技巧：说出来的话看似简单朴实，却能拨动听者心弦，如同

清风拂过水面。他描写太阳从山边犹犹豫豫露出头，描写鱼儿在水下如一抹阴影，无声地倏忽而过，或是描写嫩绿的柳叶在春风中摇曳。让人听后不仅可以感受到太阳初生、鱼儿嬉闹和柳叶低语，也觉得仿佛有一瞬间，整个世界都奏起了和谐完美的乐章，每位听者都或愉快或痛苦地想到自己所爱之事或所恨之人。孩子想到游戏，少年想到恋人，老人想到死亡。

韩赋不知自己在至言大师身边待了多少年。有时，他觉得昨日才踏入山谷，受到大师的琴音相迎；有时，他又觉得身后已是万物变迁，沧海桑田。

有一天，他从竹屋中醒来，发现自己孤身一人，呼喊寻觅，却不见至言大师踪影。一夜之间仿佛秋天忽然而至，破旧的小屋被寒风吹得摇摇晃晃，迁徙时节未到，却有一大群候鸟从山脊上方飞过。

于是，韩赋带上琴下山回乡。

遇到他的人都以尊长贵人之礼向他问候。

回到故乡后，他发现父亲、未婚妻和其他亲友都已亡故，自家屋子也早已归属他人。

到了晚上，河边街市庆祝花灯节，韩赋站在漆黑的河对岸，靠在一棵老树上。当他开始弹琴时，妇女们轻轻叹息，陶醉又忧郁地望着夜色，年轻姑娘们大声喊寻弹琴之人，却没有找到，没人曾听过如此美妙的琴音。韩赋笑了。看着河里灯影婆娑。正如他区分不开眼前的景象是梦还是现实一样，他心里也分辨不出此次节日和第一次邂逅至言大师那个节日有何不同，那时他还是一位少年，在此地听到了至言大师说的话。

（1913年）

笛之梦

"给！"父亲边说边伸手递给我一支精致的小笛子，"拿着它，当你在异国他乡用你的小技艺逗别人开心时，可别忘记了你的老父亲。是时候该让你去看看外面的世界，去学点儿什么东西了。你除了唱歌外，对别的也不感兴趣，我就让人给你做了这支笛子，但孩子你记住，只能用它来演奏美妙动听的乐曲，否则就白白浪费了上帝赐予你的天赋。"

我父亲是一位学者，并不通晓音律。他觉得只要往这漂亮的小笛子里吹吹气，好听的音乐自然就能出来了。不过，我不忍说破，便道了谢，把小笛子插进口袋里，与他告别了。

从山谷到大磨坊的这一段路我很熟悉，越过这一段，后面就是一个新的世界了，我很喜欢那儿。一只飞累了的蜜蜂落到我的袖子上，我带着它继续往前走。这样，待会儿我第一次歇脚时，就能派一个小使者回家报平安了。

穿过森林，越过草地，小河水声潺潺，奔流向前。我环顾四周，世界与家乡并没有什么不同。大树和鲜花同我诉说，谷穗和灌木丛向我低语，我唱着它们的歌，它们也懂得我，就像在家乡时一样。这时，我的小蜜蜂醒了，慢慢爬上我的肩头，扑棱着翅膀飞了起来，发出低沉可爱的嗡嗡声，围着我转了两圈，然后便径直向家乡飞去。

森林里走出来一位金发姑娘，胳膊上挎着一个提篮，头戴一顶又大又宽的遮阳草帽。

"嗨，你好。"我向她说，"你要去哪儿？"

"我去给在地里收庄稼的人们送饭。"她过来跟我并肩而行，"你今天要去外面干什么呢？"

"我父亲让我去探索世界。他觉得我应该给人表演吹笛子，但我还不会呢，我得先学学。"

"这样啊，那你会什么呢？你总得有点什么特长吧。"

"没什么特长。我会唱歌。"

"什么样的歌？"

"各种各样的歌曲，你知道吗，晨间傍晚、花草树木，鱼虫鸟兽，我都能唱。比如，现在我就能给你唱一首好听的，关于从森林里走出来给庄稼人送饭的小姑娘的歌。"

"你能唱？快唱一下给我听听！"

"能唱，但你得先告诉我，你叫什么名字呢？"

"布里吉特。"

接着我开始唱有一个美丽的戴草帽姑娘叫布里吉特，我唱到她篮子里的东西，唱鲜花是如何注视着她，花园篱笆上的喇叭花是如何伸长了身子去抚摸她，等等。

她认真倾听着，说我唱得不错。我跟她说我饿了，她掀开提篮盖子拿出来一块面包

递给我。我咬了一口，正准备继续赶路，她却说："不要边走边吃，吃完再走不迟。"

我们在草地上坐了下来。我吃着面包，她把小麦色的双手搭在膝盖上注视着我。

"你能再给我唱一首歌吗？"看我吃完了，她问道。

"可以啊。你想听什么？"

"唱一首伤感的歌，就唱一个姑娘被她所爱之人抛弃的歌。"

"不，我唱不了。我不了解这种事情，而且人也不该这么悲伤的。我父亲说，我只能唱欢快动听的歌。我可以给你唱布谷鸟或者花蝴蝶。"

"你一点儿也不懂爱情吗？"

"爱情？我当然知道啦，那是全天下最美好的事情。"

接着，我唱了起来。我唱阳光喜爱红色的罂粟花，满心欢喜地跟它玩耍；我唱雌雀满心期盼雄雀到来，可雄雀一来，它又佯装受惊连忙飞走；我唱有一位少年和一位棕色眼睛的姑娘，少年走来，为她歌唱，得到她送的一块面包，但他现在不想要面包了，他想注视姑娘棕色的眼眸，他想得到姑娘的吻。他唱啊唱，一直唱，唱到她展开笑颜，唱到她用嘴封住他的双唇。

布里吉特俯身过来，将她的双唇印上我的唇。她闭上眼睛，又慢慢睁开，我望着这双近在咫尺的如星星般的棕金色双眼，里面映出了几处白色小花和我的身影。

"父亲说得对，"我说，"这世界真美好。我帮你提东西，我们去找你要送饭的人吧。"

我提起篮子，我们继续往前走。她的脚步和着我的步伐，她的喜悦碰撞着我的喜悦，山上的森林送来清凉的风，风中夹带着甜蜜的话，我从未如此快乐地走过一段路。我一路上起劲儿地唱着歌，直到不得不停下，因为要唱的东西实在太多了：高山山谷、树叶草木、潺潺流水、郁郁灌木，一切都在沙沙作响，有太多东西要讲述。

这时，我的脑海中闪出一个念头：如果我能同时唱出这世上的千百首歌，关于青草、鲜花、人群、云朵，关于阔叶林、针叶林，关于天上飞的、地上跑的，还有远方的高山大川，天上的月光星河，如果这一切歌声同时在我心中奏响，那我就变成了亲爱的上帝，每一首新歌都将成为一颗星星，遥遥挂在夜空之中。

我沉浸在自己的想象中，整个人沉静又古怪，因为之前我从未有过这种念头。这时，布里吉特突然停住脚步，握住了提篮把手。

"我得上去了。"她说，"我们的人就在上面的田里。你呢，你要去哪儿？来跟我一起吗？"

"不了，我不能跟你走了，我还要去闯荡世界呢。布里吉特，谢谢你的面包还有你的吻，我会想你的。"

她接过提篮，棕金色的双眸越过篮子再次望向我，嘴唇渐渐靠了过来。她的吻是如此温柔香甜，让我快乐得都有点悲从中来了。我匆匆与她道了别，沿着路向下走去。

姑娘慢慢往山上走，森林边缘有一棵树叶低垂的山毛榉树，她在树下站住了，向下张望着我。我冲她招招手，又挥了挥头上的帽子。她点点头，然后像一幅画一样，无声地消失在了大树后面。

我从从容容地继续赶路，脑子里一直胡思乱想，直至来到一个拐弯处。

眼前有一个磨坊。磨坊旁的水面上停着一艘船，船上坐着一个男子，他好像是专门在等我的，因为我刚一摘下帽子跳上船，船就立马开动起来，往下游驶去。我坐在船中央，那人坐在船尾掌舵，当我问他我们这是往哪儿去，他抬起头，用混浊的灰色眼睛望着我。

"去你想去的地方。"他用低沉的声音说，"顺流而下去大海或者去大城市，你自己选。反正一切都是我的。"

"都是你的？那么你是国王喽？"

"可能吧。"他说，"我看你是一个诗人对吗？那我开船，你给我唱首歌吧！"

我振奋起精神，这个严肃的银发老人让我感到害怕。我们的船开得极快，无声无息地向下游飞驰而去。我唱河流载着船只，水面倒映着暖阳，河水呼啸着拍打石岸，恣意徜徉，尽情流淌。

男人面无表情地听我唱完，像在做梦似的默默点了点头。接着，他自己开始唱了起来，这令我感到十分惊异。他也唱河流，唱河水穿越山谷。他的歌比我的更动听、更有力量，但传递的感觉却迥然不同。

在他的歌里，河流是一个毁灭者。它阴森、野蛮，从山顶踉跄着往下狂奔；被磨坊束缚，被桥梁跨越，它气得咬牙切齿；它痛恨每一只它要承载的船只。在巨浪和长长的绿色水草中，它轻笑着摇晃着溺亡者的尸骨。

他唱的内容我一点儿也不喜欢，但他的歌声却是如此神秘又动听，让我感觉十分混乱。我沉默无言，心里惴惴不安。如果这位嗓音低沉的银发老人唱的是

真的，那我唱的所有歌就都变成玩笑和儿戏了。要真是这样，世界从根本上就坏透了，它并不像上帝之心一样光明，而是黑暗可怕、阴险丑恶的，那么当树林呼啸时，它便不是因为快乐，而是因为备受折磨。

我们继续前行，日光把影子越拉越长。我每唱一首歌，天光就黯淡一点，我的声音也更轻一些。而这位陌生的歌者每回都应和一首歌，他就把这个世界唱得更神秘、更令人痛苦，也让我觉得更加难堪、更加悲伤了。

我的心隐隐作痛，我后悔自己没有待在岸上、留在鲜花丛中或留在美丽的布里吉特身边。天色越来越暗，为了安慰自己，我又开始大声放歌，歌颂布里吉特和她香甜的吻。歌声在红色的日暮暖阳中回荡。

黄昏来临，我沉默下来，那个掌舵男子又继续唱。他也唱甜蜜的爱情，唱灰色和蓝色的眼睛，唱丰润的红唇。他在暗黑的河水中沉痛地唱，歌声婉转动人，但在他的歌里，连爱情也变得阴森恐怖，成了一个致命的谜题——因为它，人们在困境和欲望中迷茫摸索，备受伤害，以致彼此残害，互相折磨。

我听着歌，感觉疲惫又哀伤，仿佛我已经漂泊数年，经历了无数苦难坎坷。这个陌生男人身上有一阵悲哀恐惧的冰冷浪潮悄无声息地向我袭来，淹没了我的心脏。

"这么说，最崇高、最美好的事不是活着，"最后，我痛苦地说，"而是死亡。悲伤的国王，我请求你给我唱一首死亡之歌吧。"

这个男人唱起死亡之歌，比我听过的任何一首歌都更加动人，但死亡也不是最美好、最崇高的。它并不能给人安慰。死即生，生即死，它们在永恒而疯狂的爱情战争中相互纠缠。这是世界的意义和终点所在。这个终点投射出一道光，它仍能赞颂所有苦难；这个终点洒下一片阴暗，它压抑所有欢乐和美，用黑暗将它们紧紧包围。阴暗之中，喜悦却燃烧得更加炽热美好，爱也在黑夜里闪闪发光。

我静静听着，一言不发，意志被他打败了。他的视线停留在我身上，目光平和，带着一种独特的哀伤的善意，那双灰色的双眼蕴含着这个世界的痛与美。他向我微笑，我鼓起勇气，绝望地哀求道："我们回去吧！我晚上待在这儿害怕，我想回去，回我遇见布里吉特的那个地方去，或者回到我父亲身边去。"

那个男人站起来，用手指了指漆黑的夜。灯笼照着他瘦削坚毅的脸微微发亮。"回是回不去了。"他认真又和蔼地说，"人若要搞懂这个世界，就必须向前走。那个棕金色眼睛的姑娘已经给了你这世上最美的东西，你离她越远，那份感觉就会越美好。去你想去的地方吧，我把掌舵权让给你！"

我伤心极了，但我知道他是对的。思乡之情让我想起布里吉特，想念家乡，想念一切感觉还近在眼前，却已触碰不到的东西，但现在，我愿意接过他的位子，自己掌握方向。只能这样。

我沉默地起身，走向方向舵，那个男人也沉默着朝我走来。他经过我时，紧紧盯着我的脸，然后把灯笼递给了我。

但当我坐到船舵旁，把灯笼放到身旁时，突然发现船上只有我一个人，那个男人不见了。我顿觉毛骨悚然，打了一个寒战；但我并不吃惊，其实早就料到了。欢乐的远行日、布里吉特、父亲、家乡，这一切好像就只是一场梦，年迈又忧伤的我其实已经在黑夜里行了很久很久的船。

我明白，我不能呼喊那个人。真相如寒霜让我心灰意懒。

为了验证自己的感觉，我举起灯笼，探身看向水面。漆黑的水面上，我看到一双灰色的眼睛和一张轮廓清晰、神情严肃的脸。那是一张年迈又睿智的脸，那是我的脸。

没有路可以返回了，我在漆黑的水面上继续前行。

（1913年）

奥古斯都

莫斯塔克大街上住着一个名叫伊丽莎白的女人。她的命运十分坎坷，刚结婚不久就没了丈夫。现在，她正一个人躺在简陋的房间里，孤苦伶仃地等待腹中那没有父亲的孩子降生。她太孤单了，所以满脑子想的都是未出世的孩子。她把一切美好的、可爱的、惹人艳羡的东西都为孩子想到了，并且许下了许多愿望。她觉得一个带镜子的石房子加一个带喷泉的花园，配这个小家伙刚刚好。至于未来的前途，她觉得这个孩子长大以后起码要成为一个教授或者一位国王。

可怜的伊丽莎白隔壁住着一位深居简出的老人，他身材矮小，头发灰白，头戴流苏帽，手里常常拿着一把绿色雨伞。雨伞的伞柄是鲸须制成的，就像古时候的那种。

孩子们都很怕他，大人们都觉得他这么避世肯定有什么原因。他常常很久都不露面，但到了晚上，他居住的那座年久失修的小房子里偶尔会传出一阵阵美妙的音乐声，听起来像是很多精巧的乐器演奏出来的。这时，如果有小孩儿从他家旁边经过，他们会问自己的妈妈，房子里面是不是有天使或者美人鱼在唱歌，但母亲们也不知道，只好回答说："不是的，肯定是一个八音盒。"

这位人称老宾斯旺格先生的矮老头跟伊丽莎白建立起了一种特别的友谊。他们从没说过话，但每次老宾斯旺格先生经过伊丽莎白窗口时，总会以最亲切的方式问候她，而伊丽莎白也会向他点头致谢。她很喜欢他。

他们两个人都想：如果我有一天陷入了困境，我一定会到这位邻居那里寻求建议。

每当天色渐渐变暗，伊丽莎白一个人坐在窗边，或悼念她的亡夫，或想着她还未出世的孩子，不知不觉进入了梦乡。这时，老宾斯旺格先生就会轻轻打开一扇窗，接着他昏暗的小屋里便会传出轻柔的安眠曲，曲声如同云隙中的月光缓缓流淌。老宾斯旺格先生家的后窗那里有几株老的天竺葵，虽然他常常忘记浇水，但植株却一直绿油油地开着花，看不到一片枯叶，因为伊丽莎白每天清晨都会浇灌照料它们。

秋天快到了，一个风雨交加的夜晚，莫斯塔克大街上一个行人都没有，可怜的伊丽莎白感觉孩子马上要出生了。她十分害怕，因为她家里只有自己孤零零的一个人。

到了夜里，突然有一位老妇拿着手提灯来到了她家，帮她烧好水，铺好亚麻布，准备好了接生用的一切东西。

伊丽莎白静静看着眼前发生的这一切。直到孩子平安降生，在襁褓里开始睡他来到这人世间的第一觉后，伊丽莎白才问起老妇是谁让她来的。

"老宾斯旺格先生让我来的。"老妇人说。

疲惫的伊丽莎白随后就睡着了，第二天早上醒来时，老妇人已经为她煮好牛奶并放在桌子上了，屋里被打扫得干干净净。她的宝贝儿子因为饿了正躺在她身边哇哇大哭，但老妇人已经不见了。

她把孩子抱到胸前，看着他生得漂亮又苗壮，心里十分欢喜。

想起孩子的父亲再也见不到自己可爱的孩子了，她便湿了眼眶，怜爱地抱紧怀里的这个小可怜，但随后不禁又笑了起来，最后跟孩子一起睡着了。等她醒过来后，牛奶和热汤已经煮好了，孩子也换上了新尿布。

没过多久，这位母亲就恢复了健康和气力，可以照顾自己跟孩子了。他给孩子起名叫奥古斯都。这时她想起一件事，孩子必须要受洗了，但他还没有教父。

当夜晚暮色降临，隔壁又传来美妙的乐曲时，她动身去了老宾斯旺格先生家。

她畏畏缩缩地扣响了邻居家的深色大门，老先生和气地喊道："请进！"走过来迎接她。

乐声戛然而止。房间里是一盏小小的老式台灯。台灯下放着一本书，一切都跟普通人家里没什么两样。

"我是来向您道谢的，"伊丽莎白说，"谢谢您让一位好心的老妇人来我家帮忙。等我重新开始干活挣钱了，我想付给她一些钱，但现在我有另外一个担忧，我的孩子要接受洗礼了，他叫奥古斯都，跟他爸爸的名字一样，但我谁也不认识，不知道该找谁当他的教父。"

"是的，这我也想到了，"老先生说，"要是能找到一个善良又富有的教父，在您时运不济的时候照顾他就好了。但我也只是个孤独的老头子，没什么朋友，不能帮你介绍什么人，除非您不嫌弃，接受我毛遂自荐。"

伊丽莎白听到这儿很开心，再三谢过邻居，同意让他做自己孩子的教父。

到了星期天，她把孩子抱到教堂接受洗礼。那位老妇人也去了，还送给孩子一塔勒①。伊丽莎白不想接受老妇人的馈赠，但老妇人却说："收下吧。我已经老了，该有的

---

① 一种18世纪还通用的德国银币。

都有了，这一塔勒或许会给他带来好运。老宾斯旺格先生跟我是老朋友了，他的忙我很愿意帮。"

洗礼完，他们一起回了伊丽莎白家，伊丽莎白为客人煮了咖啡。老宾斯旺格先生带来一块蛋糕，就当作正式的洗礼餐了。

他们吃饱喝足后，孩子也睡着了。这时老宾斯旺格先生客气地说："现在我就是奥古斯都的教父了，我很希望能送给他一座皇宫或是一袋金子，但我没有，我只能在教母的基础上再为他添上一塔勒，但只要是我能做的，我都会为他去做。伊丽莎白女士，您肯定已经为您的孩子许下了很多美好的愿望，现在再想一个您觉得对他来说最好的愿望，我会尽力实现。您可以随便想，但只能许一个愿望。您现在先想好，今晚听到我的小八音盒响起时，就在孩子的左耳旁说出这个愿望，愿望就会实现的。"

说完，他匆匆告辞，老妇人也跟他一同离开了。伊丽莎白一个人留在屋子里，心里满是吃惊。要不是那两枚塔勒还在摇篮里，桌子上还放着蛋糕，她都觉得这整件事就是一场梦。她坐在摇篮旁边轻轻晃着熟睡的孩子，想了一个又一个美好的愿望。她一开始希望孩子生活富裕，或英俊潇洒，或力能扛鼎，又或者聪明绝顶，但始终挥之不去，心里的疑虑最后干脆想：嗨，这只是老人跟我开的一个玩笑罢了。

夜已经很深了，她坐在摇篮边都快睡着了，又是招待客人，又是照顾孩子，又要想愿望。这一天可把她累坏了。

这时，邻居家传来了轻柔美妙的音乐声，那声音是如此温柔动听，她还从来没听过有八音盒能发出这么好听的声音呢。听着音乐声，伊丽莎白才慢慢缓过神来开始思考，现在她又重新相信了老宾斯旺格先生的话和他所说的教父的礼物。她想的事情越多，想许的愿望越多，她的脑子就越混乱，迟迟下不定决心。她急得泪水在眼里打转，乐声越来越弱。她想，要是现在再不许愿就没时间了，一切就都完了。

她叹了一口气，俯下身在孩子的左耳边轻轻说："我亲爱的儿子，我祝你……我祝你……"美妙的音乐声正在渐渐消失。她惊慌极了，迅速说了一句："祝所有人都爱你。"

音乐声完全消失了，漆黑的小屋里死一般的寂静。她倒在摇篮上哭了起来，心里又害怕又担心："孩子呀，我给你许了一个我能想到的最好的愿望，但可能不是很合适。就算所有人都会爱你，但也不可能有人能像妈妈一样爱你。"

奥古斯都像其他孩子一样渐渐长大。他有一头金色的头发，模样俊俏可爱，一双眼睛炯炯有神，发出勇敢的光芒。母亲对他十分宠溺，他走到哪儿都受人欢迎。伊丽莎白很快就发现，她在洗礼日为孩子许的愿望实现了。因为小家伙刚会走路，刚能去巷子里找别人玩时，每个见到他的人都觉得他长相漂亮，机灵活泼，是个难得的好孩子。大家会伸手摸摸他，看看他的眼睛，表达对他的喜爱。年轻的姑娘向他微笑，年老的妇女送他苹果，要是他在哪儿捣了蛋，没人会相信是他干的；哪怕有时被抓了现行，大家也会耸耸肩说："真没办法对这么可爱的一个小男孩儿生气。"

很多人注意到这个漂亮的小男孩儿，于是主动来拜访他的母亲，而伊丽莎白，这个之前无人知晓也很少能揽到针线活的女人，现在却因为是奥古斯都的母亲而众人皆知，来帮助她的人比她期望的还要多。母子俩的生活都过得十分惬意，不管他们去哪儿，邻居们都会笑脸相迎，热情地跟他们打招呼，目送着这对幸福的母子离开。

奥古斯都最欢乐的时光还是在老宾斯旺格家度过的。老宾斯旺格晚上有时会叫他去家里玩，小房子里十分昏暗，只有黑色的壁炉里燃着微弱的红色火苗。老宾斯旺格拉着他坐在地板上的毛皮上，跟他一起看着静静燃烧的火焰，给他讲长长的故事，但有时，老宾斯旺格讲完一个长故事，小家伙儿就已经困得不行了，眯着眼在寂静的黑暗中看着火光一闪一闪，这时黑暗中会传来一阵悦耳的多声部乐曲。常常当两人久久沉默地听着音乐，房间里会突然出现许多发着光的小天使，她们挥动着亮闪闪的金色翅膀，排成一圈来回飞着，彼此绕圈，互相结伴，好像是在跳一支美妙的舞蹈。她们边跳边唱，声音中充满了欢乐和美好。这是奥古斯都一生中听过、见过的最美好的场景，直到后来他回想起自己的童年，老教父和他那寂静昏暗的小屋、壁炉里跳动的那红色火焰、那美妙的音乐、那盛大而美好的天使飞舞又会在记忆中重现，引发他的思乡之情。

奥古斯都越长越大，现在他有时会让母亲伤心，会让她不由自主地回想起那个洗礼之夜。奥古斯都开心地到处走街串巷，走到哪儿都大受欢迎，别人送他坚果、梨子、蛋糕、玩具，又给他吃，又喂他喝，还把他抱在膝盖上，让他去花园里随意采花。他常常在外面玩到很晚才回家，回到家又会烦躁地把母亲为他准备的热汤推到一旁。要是母亲因此而伤心哭泣，他就会觉得没意思，闷闷不乐地自己爬上小床睡觉；要是母亲哪一次责罚了他，他就会大声哭闹，抱怨说所有人都对他好，只有母亲是坏蛋。这时，母亲就会伤心好一会儿。有时，她也会真生孩子的气，但过后，只要看到孩子在床上熟睡，看到烛光中他那稚嫩又无辜的小脸，她的心瞬间就被融化了。她小心翼翼地亲吻孩子，生怕把他吵醒。人人都爱奥古斯都，这是她自己的错。她有时甚至会悲伤地想，如果她当初没有许那个愿，可能现在会更好。这种想法连她自己都会感到很吃惊。

有一次，她正站在老宾斯旺格先生放天竺葵的后窗，用一把小剪刀修剪枯萎的花朵时，突然听到两幢房子后面的院子里传来儿子的声音，于是，探身往那边看。她看到儿子正靠在墙上，依然是那副英俊又带着一些傲气的脸庞。他的面前站着一个个头儿比他稍高的少女，正一脸恳求地看着他说："你最乖了，亲我一下，好吗？"

"不要。"奥古斯都回答道，把手插进裤兜里。

"别这样，求求你了。"她继续说，"我送你好东西。"

"是什么？"奥古斯都问。

"我有两个苹果。"女孩儿害羞地答道。

他转身做了一个鬼脸。

"我不喜欢苹果。"他轻蔑地回答，想要离开。

女孩儿一把抓住他，继续讨好说："我还有一个漂亮的戒指。"

"给我看看！"奥古斯都说。

她向他展示手上的戒指。奥古斯都仔细看了看，从她手上取了下来，戴到自己手上，然后在阳光下照了照，感觉很满意。

"行吧，我可以亲你一下。"他敷衍地说，然后飞快地亲了一下女孩儿的嘴。

"你现在要来和我一起玩吗？"她亲切地问他，手挽上他的胳膊。

但他一把把她推开，大声吼道："够了！现在别烦我了！我还有其他人陪我玩。"

女孩儿哭了起来，悄悄离开了院子。奥古斯都作出一副无聊又厌烦的表情。他转了转手上的戒指，仔细察看了一下，随后吹着口哨，慢悠悠地离开了。

伊丽莎白怔在那里，手里还举着一把修花剪刀。她对于自己儿子对待其他人的爱是如此狠心又不屑一顾而感到很震惊。她顾不了剪花了，一直站在那儿摇头，一遍又一遍喃喃自语："他是一个浑蛋，他没有心。"

过了一会儿，当奥古斯都回到家，她叫他来谈话，孩子宝蓝色的眼睛盯着她，满脸笑容，一点儿也没有自责之意。他开始唱歌，千方百计讨好她，想办法逗她开心，又乖顺又温柔。她被成功逗笑了，觉得不应该对孩子做的每件事都那么认真。

但奥古斯都的恶行也不是一点儿也没受到惩罚。老宾斯旺格教父是唯一一个让能他产生敬畏的人。当他晚上去教父的小房子的时候，教父说："今天壁炉里没有火，也没有音乐，小天使们很伤心，因为你做了坏事。"奥古斯都一言不发地走回了家，倒在床上大哭起来，以后的几天他努力表现得乖巧懂事。

但壁炉里的火被点燃的次数越来越少，不管他是哭闹还是表示亲热，教父都不为所动。到奥古斯都十二岁时，教父家神奇的天使飞舞对他来说已经成了一个遥远的梦。要是哪天他夜里做梦梦到了天使飞舞，第二天就会变得加倍任性，像一个指挥官一样命令他的伙伴们胡作非为。

他的母亲早已听厌了别人对儿子的各种夸赞，说他是一个多么聪明可爱的小伙子，等等。她现在对儿子只有担忧。有一天，奥古斯都的老师来找她，跟她说有一个人愿意资助奥古斯都，把他送去一个新学校，以后还让他上大学。她跟邻居商量了一下。不久后，一个初春的早晨，一辆马车停到了家门口，奥古斯都身穿一身新做的漂亮衣裳上了马车，与母亲、教父和众位邻居告了别。他要前往首都，还将迎来大学生活。母亲最后一次为他仔细整理好金色秀发并为他送上祝福。接着，马车动了起来，奥古斯都启程前往一个全新的世界。

过了几年，青年奥古斯都已经是一名大学生了，他头戴红便帽，留着一撮小胡子。他又回了一次家乡，因为教父给他写信说母亲病重，已经时日无多了。他是傍晚到家的，街坊邻居看着他从马车上下来，又看着车夫把他的大皮箱拿进屋里，眼里充满钦佩，但母亲这时正躺在矮旧的房间里奄奄一息。这个帅气的大学生看到母亲的头躺在白色枕头上，一张脸苍白干瘪，只能静静地用目光问候他。他趴在床边哭了。他亲吻母亲冰凉的双手，在她身边跪了一整夜，直到母亲的手完全失去了温度，眼睛失去了神采。

安葬了母亲以后，宾斯旺格教父握住他的胳膊，带他去了自己的小房子。奥古斯都觉得这个房子看起来更矮小、更昏暗了。他们久久地坐着，只有那扇小窗能向黑暗中透进一点点微光，小老头用干瘦的手捋了捋灰白的胡须，对奥古斯都说："我想把壁炉的火点起来，这样就用不着点灯了。我知道你明天又要起程了，你母亲走了，短期内是见不到你了。"

他边说边在壁炉中生起一小团火，把椅子拉近了一点儿。旁边的大学生也把自己的椅子往近拉了拉。

他们又静坐了好久，就这么看着木柴渐渐烧尽，直到火光越来越弱。老人慈祥地说："好好生活，奥古斯都，我祝你一切顺利。你的母亲是一个本分的人，她为你付出的比你知道的要多。我很想再为你奏一次音乐，让你再看看小天使们，但你也知道，已经不可能了。你不要忘记他们，你要知道他们一直在唱歌，如果将来有一天你用一颗孤独而渴求的心去期盼他们，你可能会再次听到他们的歌声。把手给我，我的孩子，我老了，我得去睡觉了。"

奥古斯都跟老人握了握手，一句话也说不出来。他难过地回到自己那个冷冰冰的小房子里，在家乡度过这最后一夜。睡着之前，他仿佛又一次听到了童年那轻柔美妙的歌声从远处传来。第二天早上，他离开了家乡。此后很长一段时间里，人们都没再听到关于他的消息。

很快，他也忘记了宾斯旺格教父和小天使们。他被包围在富裕的生活中，过得如鱼得水。没人能像他一样在巷子里策马疾驰，用不屑的目光问候心藏爱慕的少女，在轻快的舞步中散发出无限魅力，敏捷又潇洒地驾马车，夏夜在花园里放纵挥霍。他给一个有钱寡妇当情人，寡妇供他吃供他穿，送他金银马匹，他需要什么、想要什么统统都给他。他陪寡妇去巴黎和罗马旅行，睡在她的真丝床单上，但他真正爱的是一个性情温柔、有着金色头发的平常人家的女孩儿，晚上他会偷偷冒险翻进女孩儿父亲的花园里与她幽会，女孩儿也会在他外出旅行时给他写长长的情书。

但有一次，他再也没有回来，他在巴黎结交了一帮朋友。因为对那个有钱的情人已经腻了，而且也早已厌烦了上大学，他便留在了遥远的国度，到处游山玩水，养马、养狗、包养女人，大把大把地输钱赢钱。到处都有追随他的人，想委身于他，要为他效力，他统统笑着接纳，就像他当初还是一个小男孩儿时接受那个小女孩儿的戒指一样。他的眼眸和唇间都中了那个愿望魔法，美女温柔地环绕着他，朋友们簇拥着他，没有人发现——他自己也感觉不到——他的心已经变得空虚贪婪，他的灵魂病态扭曲。有时，他会因为所有人都爱他而感到疲惫，便乔装打扮去逛陌生的城市。他觉得到处的人都是蠢蛋，轻易就被自己俘获。他觉得到处的爱情都是那么可笑，全都狂热地追着他，尝到一点儿甜头就能心满意足。无论男人女人都对他百依百顺，这让他感到厌烦，他有时会带着狗一个人过几天，或者去山里风光优美的狩猎区待几日。一只他悄悄埋伏成功射杀的鹿都比娇生惯养的美女对他的追求更能让他高兴。

有一次，他在海上游玩的时候见到了一位公使夫人。她是北欧贵族，身材苗条，性情严肃。她站在一众贵族女子和名流男士中间十分出众，骄傲又沉默，仿佛无人可以与她比肩。奥古斯都看着她细细打量，而她却只是漫不经心地向他扫了一眼。他突然觉得生平第一次领略到了什么是爱情。他下定决心要赢得她的爱，从那以后，他每时每刻都出现在她身边，让她无时无刻都能看到他。由于身边一直围绕着欣赏他和想跟他结交的男男女女，他跟严肃美人站在旅行者中间时，就像一对侯爵夫妇，就连美人的丈夫也对他称赞有加，竭力取悦他。

他一直没有机会与这位严肃美人单独相处，直到船行至南方的一个港口城市，所有人都下船去城里逛逛，重新感受一下脚踩大地的感觉。他紧跟着严肃美人，终于寻到一个机会，在熙熙攘攘的集市广场拦住她，跟她说话。这个广场连着无数条昏暗小巷，他把她带到了其中一个自己熟悉的小巷子里。公使夫人突然发现看不到团队的其他人了，巷子里只剩他们两个，于是变得胆怯起来。奥古斯都面对着她，眼里闪着光，握住她犹豫慌乱的手，乞求她跟自己私奔。

公使夫人脸色发白，眼睛看向地面。"哦，这可不太有骑士风度。"她小声说，

"让我忘了您刚刚说的话吧！"

"我本来就不是骑士，"奥古斯都喊道，"我是一个痴情人，一个痴情人唯一知道的就是他的爱人，唯一能想到的事就是跟她在一起。美人，跟我走吧，我们会很幸福的。"

她用淡蓝色的眼珠认真地看着他，眼神里带着责备："您怎么能知道我也爱您呢？"她悲伤地轻声说道，"我不能说谎，我是喜欢您，也常常想，要是您是我的丈夫就好了，因为您是第一个让我真心爱上的男人。唉，爱情怎么能这么阴差阳错呢！我从未想过我可能会爱上一个不纯洁不正派的人，但我想待在我丈夫身边的愿望比这强烈一千倍。我虽然不怎么爱他，但他是一位真正尊贵又高尚的骑士，这种品质您是不会了解的。好了，您不要再跟我说了，请把我带回船上，否则我就喊人说您非礼我了。"

不管他是乞求还是威胁，她都背过身去不看他。他若是还不闭嘴赶紧把她带回船上，她就要独自离开了。他让人把自己的行李放到了岸上，走时跟谁也没有告别。

从那以后，这个集万千宠爱于一身的人就没那么幸运了。他讨厌美德和声誉，把它们踩在脚下。他用自己所有的魔法技巧勾引贞洁女子，跟淳朴之人迅速结交为朋友之后剥削他们再嘲讽地抛弃他们，并以此为乐。他给女人们造成不幸，接着又矢口否认；他从高贵之家挑选少年，诱惑他们，让他们堕落。没有哪种乐子是他没寻到，没玩腻的；没有哪种恶习是他没沾染，后来又没厌弃的。他的心里已经没有了欢乐，唾手可得的爱在心灵中已经没有了回声。

他住在海边一座漂亮的别墅里，阴沉易怒，满怀恶意地折磨去那儿看望他的人们。他渴望折磨他们，对他们嗤之以鼻。他受够了、厌烦了被不请自来的、主动的、毫无道理的爱所包围。他觉得这种不付出只收获，被挥霍被毁掉的人生毫无价值。有时，他会绝食一段时间，只是为了重新体验真正的欲望感和满足感。朋友们都传他病了，需要安静，需要独处。一封封的信寄过来，他一次也没看，担心他的人们向他的仆人打听他的情况，然而，他独自一人坐在海边的别墅里，万分苦恼，他过去的人生空虚而荒芜，就像这汹涌起伏的灰色海浪，找不到爱的踪迹。他蜷缩在高窗旁的椅子里，跟自己算这笔人生账，样子很丑。白色的海鸥乘着沙滩的微风飞过，他空洞的目光追随着它，眼中没有一丝喜悦和同情。只有当他思考完毕，摇铃叫来仆人时，嘴边才浮起了一丝冷酷的坏笑。他让仆人邀请他所有的朋友在某天前来赴宴，而他真正的打算是到时用一个空房间和他自己的尸体来吓坏、来嘲笑这些前来的人。因为他决定要提前服毒自杀。

当天晚上，在举行盛宴之前，他把所有的仆人都打发了出去，整栋别墅寂寥无声。他走进卧室，把一杯塞浦路斯红酒中掺进强效毒药，端着杯子送到嘴边。

他正想将毒酒一饮而尽，这时外面响起了敲门声。他没有应门，门被推开了，一个小老头走了进来。他走向奥古斯都，小心翼翼从他手里接过那杯斟满的红酒，用一种熟悉的声音说："晚上好啊，奥古斯都，你过得怎么样？"

奥古斯都吃了一惊，感觉又恼怒又羞愧，嘲讽地笑了笑，说："宾斯旺格先生，您还活着呢？这么久不见，您真是一点儿都没老，但现在您打扰到了我，亲爱的先生，我累得很，正想喝一杯安眠酒呢。"

"我看见了，"老宾斯旺格平静地回答，"你想喝一杯安眠酒，没错，这杯酒确实是能帮助你的最后一杯酒了，但喝之前我们先聊一小会儿吧。我的孩子，我走了好远的路才到这里，你应该不介意我喝一小口解解乏吧。"

他说着，端起酒杯放到了唇边。还没等奥古斯都阻拦，他就举起酒杯一饮而尽了。

奥古斯都吓得脸色惨白。他扑到教父身上，摇着他的肩膀尖叫："老头，你知道你刚喝了什么吗？"

宾斯旺格先生点点头发灰白的聪明脑袋，笑了："我看见了，这是一杯塞浦路斯红酒，味道不错，看起来你什么都不缺，但我的时间不多了，如果你想听我说两句，我不会打扰你太久的。"

惊慌失措的奥古斯都震惊地看着老宾斯旺格明亮的眼睛，等待着他随时可能会倒下。

老宾斯旺格舒舒服服地在凳子上坐下，慈祥地向奥古斯都点点头。

"你担心这口酒会伤害到我？放心吧！真好，你还会关心我，这是我完全没想到的。现在，老宾斯旺格让我们像以前一样聊聊吧！看起来你已经过够了这种轻松的生活，我理解。我走后你还可以再斟满酒喝下去，但在这之前，我必须得跟你讲一件事。"

奥古斯都身子倚在墙上，听着这位年迈的老人慈祥悦耳的声音，这个声音他从孩提时代就很熟悉，它唤起了他心灵中对往事的记忆。一种深深的羞耻和悲伤涌上心头，他仿佛看到了自己天真无邪的童年时光。

"我喝下了你的毒药，"老人继续说，"因为我对你的不幸负有责任。你母亲在你洗礼那日为你许下了一个愿望，虽然愿望很傻，但我还是帮她实现了。你不需要知道它是什么，那是一种诅咒，相信你自己也感觉到了。很抱歉事情发展成这样，如果有一天还能看到你回到家乡，跟我坐在壁炉前听小天使唱歌，那我会很高兴但这不好实现，而且现在可能在你看来，让你的心重新变得健康、纯洁、明亮起来是不可能的事。其实这是有可能的，我想请你试一试。奥古斯都，你那可怜的母亲许下的愿望给你带来了不幸。你让我再为你实现一个愿望吧，怎么样？随便什么愿望，金钱财物、权力和女子的爱你应该都不会再想要了，因为这些东西你已经够多了。想想看，如果你知道有种魔法可以让你堕落的生活重新焕发光彩，能让你重新快乐起来，就许下这个愿望！"

奥古斯都坐在那儿一言不发，陷入了沉思，但他实在是太累了、太绝望了，过了一会儿，他说："谢谢你，宾斯旺格教父，但我的生活已经理不顺了。我就完成你进来时我正想做的事情吧，这是最好的选择，但我还是很感谢你能来一趟。"

"好吧，"老人缓缓地说，"我能明白，这对你来说并不容易，但或许你还可以再考虑一下，奥古斯都，或许你能想出来你现在最缺少什么，或许你可以回忆一下过去的时光，你母亲在世的时候，还有你来我家做客的时光。那时你有过快乐，对吗？"

"嗯，是的，"奥古斯都点点头，多彩的童年生活如同古老的镜子映照出来的画面，遥远而模糊。"但那段时光不会再回来了。我不能许愿重新变成一个孩子，那样一切又要从头再来一遍了！"

"嗯，你说得对，那样没有意义，但你再想一想你跟我们在老家的时候，想想你上大学时认识的那个可怜女孩儿，晚上你还跑去她父亲花园里跟她幽会，想想你在船上遇到的那个美丽的金发女人，想想曾经所有你觉得快乐的，觉得生活美好而有意义的瞬间，可能你就能发觉当时是什么让你快乐，然后就许下这个愿望。试试吧，我的孩子，就当是为了让我高兴！"

奥古斯都闭上眼睛回想自己的过往，就像站在漆黑的通道看向他曾走来的那个遥远的光点。他又看到以前那里是多么光明又美丽，但渐渐通道变得越来越暗，越来越暗，直到他完全站在了黑暗之中，再也找不到能让他快乐的东西。他思索得越多，回忆得越多，那个遥远的小光点就看起来越美、越可爱、越令人向往。最后他认出了它，泪水冲出了他的眼眶。

"我想试一试。"他对老宾斯旺格说，"帮我去除以前那个没能帮助到我的魔法吧，让我有爱别人的能力！"

他哭着跪倒在老宾斯旺格面前，他感受到了自己对这位老人的爱在心里燃烧，竭力地找回那被遗忘的话语和姿态。老宾斯旺格伸出双臂轻轻把他搀起来，送他到床上躺下，帮他拨开滚烫的额头上的头发。

"很好，"老宾斯旺格轻声对他说，"很好，我的孩子，一切都会好起来的。"

接着，奥古斯都感到一阵疲惫袭来，好像瞬间老了很多岁一样。他沉睡了过去，老人悄无声息地离开了别墅。

奥古斯都被一阵嘈杂声吵醒，整个别墅都乱哄哄的，他起身推门，发现大厅和各个房间里全都是他以前的朋友，他们来赴宴却发现别墅里空空荡荡的，于是又愤怒又失望。他走向人群，企图像以往一样，用一个笑容、几句玩笑来挽回他们，但他突然发觉自己的这种能力变弱了。他们一看到他，都开始一起高声怒骂，他无助地笑笑，伸出手保护自己，他们却愤怒地冲过来。

"你这个骗子，"一个人喊道，"你欠我的钱呢？去哪里了？"另一个人喊："还有我借你的马呢？"一个漂亮的女人气愤地叫道："全世界都知道我的秘密了，都怪你这个大嘴巴。我简直恨透你了，你这个浑蛋！"还有一个眼窝凹陷的青年，用变形的脸大吼着："你知道你对我做了什么吗？你这个腐蚀青少年的恶魔！"

事情持续发酵，每个人都羞辱他、责骂他，他们骂的也确有其事，许多人冲上去揍他。他们离开时还打碎了镜子，拿走了很多贵重物品，奥古斯都狼狈不堪地从地上爬起来，走到卧室里想洗一把脸，一照镜子，却发现自己的脸枯槁丑陋，布满红血丝的眼睛流着泪，额头上还滴着血。

"这是报应啊！"他自言自语，洗干净脸上的血迹。他还没来得及思考，门外又传来一阵嘈杂声，一群人冲到他家楼梯上：他抵押房屋借给他钱的人、妻子被他引诱的丈夫、儿子被他带坏走上不归路的父亲、被赶走的仆人和女佣、警察还有律师。一个小时以后，他被绑进囚车里，送往监狱。市民们跟在囚车后面叫骂，唱着讽刺他的歌。一个小混混在他经过的时候从窗户后面往他脸上扔了一团污泥。

他为人们熟知，被许多人爱过，而现在，他的种种劣迹传遍了整个城市。所有的恶行被一一揭发了，他对每一种控告都供认不讳。那些早已被他忘记的人们站到了法庭上，诉说他当年做过的丑事。曾经被他打赏过的和偷过他东西的仆人讲述着他的秘密和恶习，每一张脸都透露出厌恶和憎恨，没有一个人为他说话，也没有一个人赞美他、谅解他、想起他的好。

他听任一切发生，任凭自己被关进监狱，又从监狱被带到法官和证人面前。他受伤的眼睛注视着无数张凶狠、愤怒、充满恶意的脸，在这些仇恨和扭曲的外壳之下，他看到每个人身上藏着的可爱之处和他们内心的隐隐的光辉。所有这些人都曾爱过他，他却熟视无睹。如今，他向所有人赔罪，试着回想每个人的好。

最后他被关进了监狱，任何人都不准探视。

他在高烧中呓语，梦见自己跟母亲、初恋爱人、宾斯旺格教父还有船上的北欧女人说话。

当他醒过来，一天天过着孤独又空虚的可怕日子时，因思念和孤寂备受折磨。他渴望有人能看自己一眼，他从来没有这么渴望过哪种享受或者哪种财富。

从监狱里被放出来的时候，已经是又病又老，没有人再认识他了。世界还是照常运转，人们在巷子里奔跑、骑马、散步，小贩正在兜售水果、鲜花、玩具和报纸，只有奥古斯都无人关心。他以前听着音乐、喝着香槟拥在怀里的女人驾着华丽的马车从他身边飞驰而过，扬起的灰尘落了他满身。

但那种过奢华日子的时候曾令他窒息的可怕的空虚感和孤独感已经不复存在了。当他走到别人家门口想躲躲太阳，或者到人家后院讨一口水喝时，那些以前连听他说傲慢无情的话都会眼里闪着光、充满感激回应的人，如今对他的话却是如此不耐烦，还充满了敌意。这令他十分惊讶，但现在，每个人的目光都让他开心，让他感动。他喜欢孩子，看着他们玩耍，看着他们去上学。他喜欢老人，他们坐在自家屋前的长椅上，在阳光下晒着干巴巴的手。当他看到年轻小伙子眼巴巴盯着一个姑娘；工人下班后抱着孩子回家；睿智又高尚的医生坐着马车匆匆赶路，心里想着他的病人，一言不发；或者衣着破烂的可怜妓女晚上站在郊外的路灯下，连他这个众人皆嫌的人都愿意服务时，他觉得所有这些人都是他的兄弟姐妹，每个人的记忆中都有一个慈祥的母亲，有一个更好的出身，或者每个人身上都有一个秘密标志，昭示着一种更美好、更高贵的命运。他看每个人都觉得亲切又奇特，都能引发他的思考，他觉得每个人都比他美好。

奥古斯都决定去世界各地游历。他想找一个地方，让自己成为一个对别人有用的人，向别人释放自己的爱。他必须习惯于自己的目光不能再让别人开心了。他的脸憔悴不堪，他的衣服和鞋子是从一个乞丐那里讨来的，他的声音和步态也不再吸引人。孩子们害怕他，因为他灰白的长胡子垂在脸上乱蓬蓬的；衣着考究的人不愿靠近他，站在他旁边让他们觉得不舒服，感觉连自己都脏兮兮的；穷人们把他当作外乡人，不相信他，怕他来抢他们的食物。他就算帮助别人都要费一番力气。但他锻炼着不让自己发脾气。他看见一个小孩儿够不着面包店的门铃，他能帮他。有时候碰见比他更可怜的盲人或跛脚的人，他也能做点好事，扶他们一段路。在他帮不上忙的时候，他也乐得做点微薄的贡献：一个明亮善意的眼神，一声亲切的问候，一个表示理解和同情的表情。一路上，他学会了察言观色，如别人期待他的何种帮助，他们会因何而高兴。有的人需要一个大声热情的问候，有的人需要一个默默的眼神，还有人需要独处的空间。他每天都惊讶于这世上竟有如此多的苦难，但人们却还能如此快乐；他看到悲伤旁总有欢笑，丧钟旁总有童歌，每种危难和困境旁总有顺从、幽默、慰藉和笑容。他觉得这一切都惊喜而美好。

一切都是最好的安排。有时他转过街角，一群男学生向他蹦跳着跑过来，每个人的眼里都闪烁着勇气和生机。他们有时会嘲笑他、欺负他，但也无伤大雅：这可以理解，就连他自己经过橱窗时或在井边喝水时看到自己的脸，都觉得这副面孔实在是又干又皱，有碍观瞻。不，对他来说，赢得别人的好感或行使权力已经不再重要了，他已经体会够了。现在对他来说，观察别人在自己曾走过的路上骄傲自负、奋力追求，看着所有人满怀热情、能量、自豪和快乐去各自追求他们的目标，在他看来就像是一场奇妙的演出。

寒往暑来，奥古斯都病了，在一所济贫医院住了很长一段时间。他安然享受这份幸运的经历并心怀感激。在这里，他看到穷困潦倒、缠绵病榻的人坚定信念，用尽全力拼命活着，与死神对抗。他在危重病人的脸上看到耐心，在渐愈的病人眼里看到对生活的热爱，就连逝者那安详庄严的脸都是那么美好，而比这些更美的是漂亮整洁的护理员对病人的耐心和关爱。但这段时间也匆匆结束，秋风瑟瑟，奥古斯都继续他的游历，朝着寒冬进发。但当他发现自己前行得如此之慢时，他会有一种奇特的焦急涌上心头，因为他还想去好多地方，想看好多好多的人。他的头发已经斑白，眼睛躲在红红的、患病的眼睑后面露出傻傻的笑意，渐渐地，他的记忆也变得模糊，好像世界一直就是今天这个样子的。但他十分满足，他觉得这个世界多彩又美好。

初冬时他来到了一座城市，雪花在漆黑的街道凌乱飞舞，几个小混混向他身上扔雪球，而其余一切都笼罩在夜晚的寂静之中。奥古斯都累极了，他走到一个窄巷子里，感觉周围很熟悉，又走到另一个巷子里，发现母亲还有宾斯旺格教父的房子正矗立在眼前，漫天雪花下，房子看起来又旧又小，教父家的一扇窗户亮着，在冬夜中透出祥和的红光。

奥古斯都走了过去，敲响了教父家的门。教父出来迎接他，默默引他进屋。屋子里安静又温暖，明亮的火焰正微微在壁炉里燃烧。

"饿了吗？"教父问，但奥古斯都一点儿也不饿，只是摇着头笑。

"但你肯定累了吧？"教父又问，他在地板上铺上自己那块旧毛皮，两个老人窝在一起，看着壁炉里的火焰。

"你走了很远的路。"教父说。

"嗯，很美好的一段路，我只感觉有一点儿累。我能睡在你这儿吗？我明天还要继续赶路。"

"可以啊。你不想再看看天使跳舞了？"

"天使？哦对，我想看，要是我再重新变成一次孩子的话。"

"我们都很久没见了。"教父又开始说，"你现在真漂亮，你的眼睛又像以前你母亲还在世时那样，充满了善意和温柔。真好，你还能来看看我。"

这个破衣烂衫的游子在教父身边一下子坐倒，放松下来。他还从来没感觉这么疲惫过。温暖和火光让他恍惚，竟一时分不清过去和现在。

"宾斯旺格教父，"他说，"我又淘气了，母亲在家哭了。你一定要去劝劝她，跟她说我会变好的，好吗？"

"好。"教父说，"放心吧，她很爱你。"

壁炉里的火越来越弱，奥古斯都撑着困倦的大眼盯着微微红光，就像小时候那样。教父把他的头放在自己膝盖上。昏暗的小屋响起一阵美妙欢快的音乐，轻柔又令人陶醉。几千个发光的小天使飘在空中快乐地绕着彼此转圈，成双成对在空中飞来飞去。奥古斯都看着、听着，在这失而复得的天堂中重获了孩童时的感受。

有一瞬间，他觉得母亲在呼唤他，但他太累了，而且教父已经答应会去跟他母亲谈谈。

他睡着后，教父将他的双手叠放到一起，听着他的心跳渐渐停止，直到屋子里完全黑下来。

（1913年）

梦见众神 ①

我独自一人无助地走着，周围到处都黑乎乎的一片，看不出形状，我边跑边寻找，想知道所有的光明都逃到哪里去了。前面有一个新的建筑物，窗户透出亮光，门里灯火通明仿如白昼。我走进门，来到一个明晃晃的大厅。许多人聚集在大厅里，一言不发、专心致志地坐着。他们是来找知识神父寻找慰藉和光明的。

---

① 编者注：黑塞1924年编纂《画本》（副标题"描绘"）时（《梦见众神》被收录在内，两年后首次以书籍形式发表），他给本文写了这样一段"前言"："如今距世界大战爆发已经过去十年了。许多那段时期的回忆录里记载了全世界大量关于战争的预感、预兆、预言梦和幻景。这种类似的经历有很多是编的，我最不愿的就是与众多的战争先知为伍！1914年8月，我同许多人一样，对事情的发生感到震惊，但也与千百人一样，我在这场新灾难发生前夕就有了预感。至少大约在战争开始前八周，我做过一个奇怪的梦，1914年6月底，我把这个梦记了下来，但这份记录不是对那个梦的忠实描述，我当时把它改编成了一个小的文学作品。其中最重要的是，战神和他的仆人的出现不是我有意设计的，而是我真正做梦梦到的。我把1914年6月的记录分享在此，不是出于好奇，而是觉得它有可能能引发一些严肃的思考。"

人群前面的一个高台上站着知识神父，那是一个身穿长袍的沉静男子，一双眼睛透露出睿智和疲惫，正用清晰、温和、从容的声音对听众讲话，他面前的白板上画着许多神像。他走到战神的画像前面，讲述古代战神的起源。当时的人们认识不到世界力量的统一性，出于这种愿望和需要，战神就诞生了。那时，人们只能认识到单个的和表面的东西，所以他们需要为不同事情创造专门的神，因此就有了海神、陆神、狩猎神、雨神和太阳神。战神就是这样诞生的。接着，智者的仆人又继续讲战神的第一批肖像建在哪里，从首批祭品是什么时候供奉的一直讲到后来，随着认知的胜利，战神变得不再那么重要，来龙去脉讲得细致又清楚。

他一挥手，战神消失了，白板上又出现了睡神的画像，关于这幅画，他也讲了一通。哎呀，讲得也太快了嘛，我还想多听一会儿这位可爱的神的故事呢。睡神的画像降下来，后面又出现了酒神、爱神、农业女神、狩猎女神、家庭女神。作为对遥远的人类早期时代的回溯和反映，每个神都出现了一次。听众们感受到了他们独特的形象和美。每个神都讲到了，还讲清了他们为什么后来不再重要。一幅画接着一幅画消失，每次我们都能看到理性的小小胜利，同时，心中也泛起些许遗憾和同情，但听众里有一些人一直大笑着拍掌，大喊"换一个！"，经常有神像还没等学者讲话就消失了。

学者还讲到了生死之神，我们认真聆听。他们不需要什么特殊的象征，正如爱和嫉妒、恨和愤怒也是如此。因为人类近期厌倦了所有的神灵，认识到无论是在人的灵魂中，还是在地心和海洋中心，都不存在单个的力量和特性，顶多是一种原始力量在来回往复。探究这种力量的本质是人类理性的下一个重要使命。

这时大厅越来越暗，可能是由于画像的消失，也可能是由于其他什么不明确的缘故，于是，我发现这个神庙不是纯粹而永恒的光明的来源，我决定溜出去，寻找更光明的场所。

但还没等我将决定付诸行动时，大厅又暗下来许多，人群开始骚乱，开始大喊大叫，就像被突然爆发的电闪雷鸣吓坏的羊群一样互相挤来挤去，没人想再听智者讲话。人群中弥漫着巨大的恐惧和压抑。我听到叹息和尖叫声，我看到人们气冲冲地往大门挤。空气中扬满灰尘，浓得像硫黄蒸汽，天黑透了，但透过高高的窗户可以看到不安的红光在模糊的晚霞中跳动，像一团火。

我躺在地上，失去了意识，无数逃亡者从我身上踏过。

我醒来后，用流着血的双手支撑着坐起来，发现我正一个人躺在一个空荡荡的废墟房里，墙体已经开裂，随时有可能倒下来砸到我。我隐约听到远处传来噪声、雷声还有混乱声。破墙外面的天闪烁着红光，像是一张痛苦、流血的脸，但那种令人窒息的压抑感消失了。

我从知识之庙的废墟中爬出来，看到半个城市都陷入火海，火柱和浓烟直冲夜空。建筑物废墟之上，到处都横着尸体，周围一片寂静，我能听见远处火海中的噼噼啪啪的爆裂声和风啸声，火海后面很远的地方传来疯狂恐惧的号叫声，好像地球上所有人一齐发出了无尽的尖叫和叹息。

世界毁灭了，我想，但我并不惊讶，仿佛我从很久之前就一直在等着这一刻。

这时，在燃烧倒塌的城市中间，我看到一个男孩儿走了过来。他双手插兜，双腿轮换着跳来跳去，灵活又欢乐。他停下脚步，吹出一声漂亮的口哨，那是我们在拉丁语学校上学的时候创造的友谊之哨。那个男孩儿正是我的朋友古斯塔夫，他在上大学的时候就饮弹自尽了。接着，跟他一样，我也变回了12岁，此刻，熊熊燃烧的城市、远处的雷鸣和从世界各个角落传来的风暴的怒号声，在我们听来极为动听。哦，现在一切都好，那些黑暗的噩梦都过去了，我曾在噩梦中绝望地活了这么多年。

古斯塔夫笑着指给我看一座宫殿和一座高塔，它们正在轰然倒塌。这些东西要是毁

了倒并不可惜，人们可以再建起新的、更漂亮的建筑。谢天谢地，古斯塔夫又回到我身边了！生命在此刻重新有了意义。

恢宏建筑的废墟之上升起巨大的烟雾，我们两个谁都不说话，满怀期待、目不转睛地盯着看。一个巨大的身影出现在尘雾中，伸展出神的头颅和巨大的臂膀，胜利昂扬地走在浓烟滚滚的世界。那是战神，跟我在知识之庙里看到的一样，但他现在活生生地出现在我眼前，而且体型巨大。他那张被火光照耀的脸泛出骄傲的微笑，有男孩儿那种目空一切的神情。随即，我们两个心照不宣，一起跟在他身后。我们像插上了翅膀，跟着他急速掠过火海，冲进变化无常的暴风之夜，心激动得怦怦直跳。

战神站在山顶欢呼雀跃，晃了晃他的圆形盾牌。看啊，世界尽头的每个角落中远远地出现许多巨型身影，欢快地朝他走来：男神和女神，魔鬼和半神。爱神飘飘荡荡，睡神摇摇晃晃，狩猎女神严肃婀娜。他们一个接一个，络绎不绝。当我因为这些高贵的身影目眩而不由得垂下眼睑时，现场不再只有我跟我亲爱的朋友两个人，我们周围出现了一个新的人类族群。包括他和我在内，人们在黑夜中跪拜这些归来的神灵。

（1914年）

来自另一个星球的怪消息

在我们美丽的星球上，有一个南方省份发生了一场严重的灾害。地震伴随着狂风暴雨和肆虐的洪水，摧毁了三个大村落，所有的花园、田地、树林和种植园都未能幸免于难。无数的人和动物都在这次灾害中丧生，而最令人难过的是，用来覆盖尸体、装饰墓地的鲜花出现了严重短缺。

其他事情自然很快就处理好了。可怕的时刻刚刚过去，信使就匆忙前往邻近地区大力呼吁人们献出爱心，全省所有塔楼上都能听到唱诗班吟唱着动人的诗篇。那诗歌是对怜悯女神的问候，自古以来就为人所知，没有人能抵挡那感人肺腑的乐音。不一会儿，一批批好心人就从各个城镇赶来，那些流离失所的灾民纷纷受到热情的邀请，在亲戚、朋友和陌生人家里暂住。食物、衣裳、车马、工具、石头、木材，还有其他一大堆援助物资从四面八方送来。当老人、妇女和小孩儿还在被慈爱之手温柔热情地搀扶着离开现场时，当一些人还在小心地为伤者冲洗包扎伤口，在废墟之下搜寻死者的时候，另一些人已经开始清理倒塌的房顶，用梁木撑住摇晃的房墙，为快速重建做好一切必要的准备了。虽然由于灾难，空气中弥漫着一丝恐惧，一具具尸体时刻提醒着人们悲伤默哀，但从每个人的表情和声音中都能感受到欢乐的斗志和某种柔软的喜悦，因为每个人心里都涌动着一个信念：大家用勤劳的双手，怀着振奋的信心，齐心协力完成一件必要的、美好有益的事情。一开始大家还有些畏缩，只是默默地干活，但很快就有地方传来欢快的声音和轻声的打气歌。可想而知，在所有歌里，最受欢迎的是两句古老格言诗："福分，助新落难之人兮；心饮善举，岂不若旱园饮初雨，以鲜花报之欤？"和"同心协力，上帝欣喜。"

但现在鲜花的短缺令人痛心。人们从被毁掉的花园里捡了些花和枝叶，装饰了一开始找到的一些尸体。接着，大家又开始从附近的地区收集一切能收集到的鲜花，但非常不幸的是，被毁掉的三个村镇恰好拥有最大、最美的种植当季鲜花的花园。每年都有人专门来这里观赏水仙花和藏红花，再没有地方像这里一样有如此大的鲜花产量，有这么娇艳的品种，可现在一切全毁了。按照风俗，死去的人和动物都要用当季鲜花隆重装饰，而且死得越突然、越悲惨，葬礼就要越豪华、越隆重。现在大家都束手无策，不知道该如何完成风俗才好。

全省年纪最大的长者作为第一批援助者乘车赶来，到了以后很快就被堆成山的问题、请求和抱怨团团包围了，很难维持镇定和愉悦，但是他牢牢控制住了情绪，他的眼神澄明友好，他的声音清晰礼貌，他白胡子下的双唇时刻不忘保持与他学者兼顾问的身份相符的从容善意的微笑。

"我的朋友们，"他说，"我们经历了一场灾难，上帝想用它来考验我们。这里被摧毁的一切，我们都能很快为我们的兄弟们复原、重建。我感谢上帝，让我在耄耋之年还能看到你们赶来舍己为人，帮助我们的兄弟们，但我们现在去哪里找鲜花，将逝者装饰得漂亮体面，来完成他们的转世之礼呢？因为只要我们还在，只要我们还活着，就不允许有一位劳累的朝圣者未经正式花祭就下葬。我相信你们也是这么想的。"

"对"，所有人齐答道，"我们也是这么想的。"

"我知道，"老者用慈祥的声音说道，"朋友们，我现在来说说我们目前要做的事情。我们要把今天暂时还无法安葬的逝者送到山上宽阔的夏庙里面去，那里现在还覆着积雪，他们在那里比较安全，在我们弄来鲜花之前尸体也不会腐烂。如今只有一个人能帮我们弄到这么多当季鲜花了，那就是国王，所以我们得派一个人去求国王帮忙。"

所有人又一齐点头说："对，对，去找国王！"

"那就这么定了。"老者继续说，人人都欣喜地看到他白胡子底下绽出微笑。"但我们派谁去找国王好呢？这个人必须年轻力壮，因为此行路途遥远，我们得给他配上最好的马。他还得长得好看、心地善良、眼睛熠熠生辉，让国王无法拒绝。他不用说太多话，但他的眼睛要会说话。最好是一个孩子，全镇最漂亮的孩子，但孩子怎么能走这么一趟呢？我的朋友们呀，你们得帮帮我，要是在场的谁想当这个报信人，或者谁心里有合适的人选，劳烦跟我说一声。"

老者沉默下来，用明亮的眼睛环视周围的人群，没有人站出来，现场鸦雀无声。

他又问了第二遍、第三遍，这时人群中走出来一个十六岁的少年，几乎还是一个孩子。他向长者问好，眼睛盯着地下，脸颊发红。

长者仔细看了看他，当即就觉得让他做信使再合适不过了，于是微笑着对他说："你愿意当我们的信使，太好了，但我们有这么多人，为什么唯独你愿意站出来呢？"

少年抬起头看着他说："如果没有人愿意去，就让我去吧。"

这时，人群中有一人说："送他去吧，长老，我们认识他，他就是本村的。地震把他的花园给毁了，那是我们这里最美的一片花园。"

长者和蔼地看着少年的眼睛，问道："这些花让你这么难过吗？"

少年小声回答："它们让我很难过，但我不是为了这个才想去的。我本来有一个亲爱的朋友，还有一匹漂亮的小马，但都在地震中丧生了。他们现在就躺在大厅里，需要鲜花随葬。"

长者把手放到他身上为他祈福。很快，好马也选出来了，他立即跳上马背，拍了拍马脖子，与众人点头告别，随即驾马飞奔出村，穿过被水淹毁掉的田地，离开了。

少年骑马走了一整天，为了早点儿到遥远的都城见到国王，他选择走山路。晚上，天开始变黑，他牵着缰绳领着马穿林越石，走过一段陡峭的路。

一只他从没见过的黑色大鸟飞在他前面。他跟着黑色大鸟一直走，直到它落在了一座敞着门的小庙的屋顶上。少年把马留在草地上，穿过木柱走进了这座简陋的小庙。他找到的唯一的献祭品是一块竖立着的黑色石头，这种石头当地是没有的。石头上刻着一个他不认识的罕见的神灵标志：一颗心，心上有一只野鸟在啄。

他在山脚下时摘了一株风铃草装在了兜里。这时，他将花拿出来作为祭品敬献给了神灵，然后，在一个墙角躺下了。他实在太累了，想睡一觉。

但他睡不着，平时他可是一到晚上就困的。石头上的风铃草，或是石头本身，又或者是其他什么东西散发出一股浓郁的、令人悲痛的奇怪味道，那个诡异的神灵标志在漆黑的大厅里闪着幽灵般的微光，陌生的鸟儿站在房顶上，时不时挥动两下巨大的翅膀，声音听起来像狂风刮过大树。

于是，午夜时分，少年起身走出小庙，抬头看那只黑色大鸟。大鸟扑棱着翅膀，注视着少年。

"你为什么不睡呢？"黑色大鸟问。

"我不知道。"少年说，"可能是因为我刚经历过痛苦吧。"

"什么样的痛苦？"

"我的朋友和我最心爱的小马遇难了。"

"死亡真有这么糟？"黑色大鸟语带讥讽。

"哦不，大鸟，死亡没那么糟，它只是一种离别，但我不是为这个伤心。糟糕的是，我们无法安葬我的朋友和我漂亮的小马，因为我们一点儿鲜花都没有了。"

"世界上还有比这更糟的事情。"黑色大鸟说，不高兴地扇了扇翅膀。

"不，大鸟，没有比这更糟的了。谁要是没经过花祭就下葬了，他就不能按照自己的心愿投胎转世。谁要是安葬了死者但没给他们举办花祭，他就会在梦里梦到死者的影子。你看，我现在就睡不着，因为我的朋友和小马的尸体还没有鲜花装点。"

黑色大鸟弯弯的嘴里发出一阵嗒嗒声。"小伙子，如果你除此之外没经历过其他事，那你根本不知道痛苦为何物。你没听别人谈起过大恶吗？仇恨、谋杀、嫉妒？"

少年听到这些话，觉得是在做梦。他思考了半刻，谦逊地说："哦，大鸟，我记得，古老的故事和童话里写过，但它不是真的，或者说很久很久以前，在还没有鲜花和善神的时候，世界可能是这样的。谁会去想这些呀！"

黑色大鸟发出刺耳的怪笑。接着，它伸长身子，对少年说："你现在想去找国王，那我给你指指路？"

"噢！你知道路呀！"少年开心地叫道，"如果你愿意，麻烦给我指一下路吧。"

黑色大鸟悄无声息地降落到地面，又无声地展开翅膀，吩咐少年把马留在这里，跟着它去找国王。

少年骑上了鸟背。"闭眼！"黑色大鸟命令道。他照做了。它带着他穿过黑暗的天空，像猫头鹰一样飞得安静又平稳，只有冷风在少年耳边飕飕掠过。他们飞啊飞，飞了一整夜。

第二日清晨，终于停了下来。黑色大鸟说："睁眼吧！"少年睁开眼睛，发现自己

正站在一片森林边缘，脚下的平原在晨光中闪耀，亮光晃得他睁不开眼睛。

"回到森林边上就能再找到我！"黑色大鸟说。接着，它像一支箭一样一飞冲天，消失在了蓝天中。少年从森林走向广阔的平原，一路上他感觉很奇怪。周围的一切都变了样，他不知这是现实还是梦境。草丛和树木跟家乡的差不多，阳光照耀，微风在茂盛的草丛中嬉闹，但周围没有人，也没有动物，房子和花园也都一概看不到，看起来倒像是跟少年的家乡一样被地震摧毁了一般：残垣断壁、断枝歪树、毁坏的篱笆、遗落的工具，全都散落在地上，一片狼藉。这时，他突然看见田野里躺着一具尸体，尸体已经腐烂了一半，样子十分可怕。少年走过去看了一眼，瞬间感到深深的恐惧，胃里翻起一阵恶心。他还从未见过这般景象。死者面部没有东西覆盖，看起来鸟啄加上腐烂已经让其容貌半毁。少年捡了一些绿叶和鲜花，背过脸去遮住了死者的面庞。

整个平原上弥漫着一种不可名状的气味，难闻又压抑，温热黏腻。又有一个死人躺在草丛里，一只乌鸦在上面盘旋，还有没有头的马、人畜的残骸，全都被弃置在阳光下，似乎没有人为他们举行花祭仪式，让他们入土为安。

少年觉得恐怕这里最近发生了一场大灾，这片土地上的所有人都遭遇了不幸。尸体实在是太多了，他只好停下折枝，不再去盖死者的脸。少年带着恐惧不安，半眯着眼往前走，四面八方飘来一阵阵尸臭和血腥味，千百具残骸和尸堆涌动着一种无法形容的悲痛，越来越重。少年觉得自己正陷在一个噩梦里，这是上天对他发出的警告，因为他还没有给朋友和小马办花祭，让他们下葬。他又想起了那只黑色大鸟昨晚在小庙屋顶上所说的话，仿佛大鸟尖锐刺耳的声音又回荡在耳边："有比这更糟的事情。"

他这才发现，大鸟是把他带到了另一个星球上，他所见到的，都是真的。他想起了小时候听远古时期的恐怖童话时候的那种感觉：害怕得发抖，但害怕之后心里又有一种平静而愉悦的安慰感，因为这一切都无比遥远，是很久很久之前的事情了，而这里的一切就像是一个恐怖童话，整个奇怪的世界充斥着暴行、尸体和食尸鸟，看起来毫无意义、毫无道德，遵循着无法理解的运行法则。在这些疯狂的法则之下，没有美好与善，发生的都是糟糕的、愚蠢的、丑恶的事情。

这时他看到有个人正从田野走来，看起来像农夫或者雇工。他边呼喊边快步向他跑去。到了跟前，他吓了一跳，随即心里泛起一丝同情。因为那个农夫的相貌丑得吓人，几乎不像是太阳照耀下长大的人。他看起来已经习惯了只考虑自己，习惯了到处都发生着错误的、丑恶的、糟糕的事情，他看起来一直活在可怕的噩梦里。在他的眼睛里，在他整张脸上、整个人身上，看不到丝毫的明媚或善良，也看不到丝毫的感恩和信任，这个不幸的人似乎连最简单、最基本的美德都没有。

但少年鼓起勇气，友好地走近他，亲热地向他问好，介绍自己是一个遭难的人，说话间带着微笑。丑八怪像是石化了一样怔在那儿，瞪着混浊的大眼，吃惊地看着他。他的声音粗哑，说话没有调，像是低等生物的吼叫，但他无法抵挡少年眼神里的明朗、谦恭和信任。他看了少年一会儿之后，布满皱纹的粗糙的脸上露出一种像是微笑的表情——很丑，但是带着温柔和惊异，就像是刚刚从大地底层重生的灵魂发出的第一次浅浅的微笑。

"你想干什么？"他问少年。

少年按照家乡风俗回答："朋友，谢谢你，请你告诉我，我能帮你做什么吗？"

农夫惊讶地沉默了，尴尬地笑了笑。这时，少年问他："朋友，告诉我，这里是怎么回事？为什么景象这么恐怖？"他抬手指了指周围。

农夫努力想弄明白他在说什么，少年又问了一遍，他说："你没见过吗？这里是战场。"他指着一片黑乎乎的废墟堆说："那里是我家。"少年满怀同情地看着农夫，他垂下了眼帘，盯着地面。

"你们没有国王吗？"少年接着问，农夫回答有。少年又问："他在哪儿呢？"农夫用手指了指远处，很远的地方看起来有一片小小的营地。少年把手搭在农夫的额头上，与他道了别，然后继续赶路了。农夫两只手碰了碰自己的额头，悲伤地摇了摇自己沉重的脑袋，久久站着目送少年离开。

少年跑啊跑，穿过瓦砾和恐怖之地，来到了营地。到处都是荷枪实弹的男人，没人注意到他。他穿过士兵和营帐，找到了一个最大、最豪华的帐篷，那是国王的帐篷。他走了进去。

帐篷里，国王坐在一张简易矮床上，外套放在旁边，后面暗处蹲着一个睡着了的侍从。国王弯腰坐着，正沉思着什么。他的脸英俊而悲伤，一绺灰白的头发从晒黑的额头上垂下来。一把剑躺在他面前的地板上。

少年按照对自己的国王行礼的礼仪，郑重地向面前这位国王默默行了礼。他双臂叠放在胸前站等，直到国王注意到他。

"你是谁？"他皱着眉头厉声问，但目光一直盯着陌生少年纯洁阳光的面庞。少年看着他，眼神里露出信任和友好，于是国王的声音渐渐和缓下来。

"我见过你。"他思索着说，"要不就是你长得很像我小时候认识的一个人。"

"我是从外乡来的。"少年说。

"那就是我做梦梦到过。"国王小声嘟囔了一句，"你让我想起了我的母亲。跟我说说吧，是怎么回事。"

少年说："是一只黑色大鸟把我带到这里来的。我们国家发生了一场地震，我们想埋葬尸体，但我们没有鲜花。"

"没有鲜花？"国王说。

"对，一点儿鲜花都没了。如果我们要给一个死者下葬，但是如果不能给他举行花祭，这是非常糟糕的，因为他们要体面喜悦地去投胎转世。"

这时少年突然想起来，外面还有一大批未下葬的死人躺在恐怖的荒野里呢，于是他住了口。国王看着他，点了点头，重重叹了一口气。

"我本想去找我们国王，求他给我们弄些鲜花。"少年接着说，"但当我走到山上的一座小庙时，那只黑色大鸟出现了，它说它能带我去找国王，于是它就带着我穿过天际，来到了你这里。哦对了，亲爱的国王，那是一座我不认识的神庙，庙的房顶上栖息着大鸟，有一块祭石上刻了一个特别奇怪的标志：一颗心，心上有一只野鸟在啄。昨天晚上我跟黑色大鸟有一次对话，到现在我才明白它的话是什么意思，因为它说世界上有比我所了解的事情痛苦得多、糟糕得多的事情。现在，我来到这里，从那片大大的荒野中走过来，见到了无尽的痛苦和不幸，唉，比我们最恐怖的童话故事里讲的还要可怕得多。所以我来找你。国王，我想问问，有什么我能帮得上忙的地方？"

国王认真听着，试着挤出一丝笑容，但他英俊的面庞太过于严肃悲伤，让他笑不出来。

"我谢谢你。"他说，"你可以帮我的忙。你让我想起了我的母亲，所以我感谢你。"

看到国王笑不出来，少年十分难过，"你这么伤心，"他对国王说，"是因为战争吗？"

"对。"国王回答。

少年站在这个极度悲伤但又让他觉得十分高贵的人面前，忍不住破坏礼节，问道："但请告诉我，你们为什么要在你们的星球上发动战争？是谁的责任？你自己对此负有责任吗？"

国王盯着少年看了很久，似乎对他的鲁莽问题感到十分不快。但他无法忍受看到自己阴郁的目光长时间倒映在少年明亮无辜的眼睛里。

"你还是一个孩子，"国王说，"有些事你理解不了。战争不是谁的责任，它像风暴和闪电一样，是自然存在的。我们所有这些与战争抗争的人，不是煽动者，只是受害者。"

"那他们死得很轻松吗？"少年问，"在我的家乡，死亡虽然不是什么值得恐惧的事，大多数人都甘愿赴死，很多人欢欣地去投胎转世；但还从没有一个人敢杀害别人。你们星球上肯定不是这样的。"

国王摇了摇头。他说："在我们这里，杀人虽然很常见，但我们视它为最重的罪行。杀人只有在战争中才被允许，因为在战争中，没有人出于自己的怨恨或者嫉妒，为了自己的利益而杀人，所有人都只是在做着集体需要他们做的事。如果你觉得他们死得很轻松，那你就错了。看看那些死者的脸，你就能明白。他们死得很沉重，既沉重又不甘愿。"

听完这些话，少年为这个星球上的人的生活这么悲伤、这么沉重而感到震惊。他本来还想问国王很多问题，但明显感觉到，自己可能永远都理解不了这些黑暗可怕的事情，而且他心里也不愿理解这些。这些可悲的生物要么就是低等生物，还没有迎来光明的众神，被魔鬼统治着；要么就是这个星球遭遇不幸，遭到了错误的统治。他觉得再继续究问国王，强迫他回答和坦白，实在是令他太难堪也太残忍了，只能让他觉得痛苦和屈辱。这些人活在对死亡的黑暗的恐慌中，却还彼此大肆杀戮。他们的表情像那个农夫一样无礼野蛮，又像国王一样充满深切哀伤。他为他们难过，但又觉得他们奇怪，甚至几乎有点儿好笑，他们悲伤又可耻，可笑又愚蠢。

但有几个问题少年忍不住想问。如果这些可怜的生命是被抛在后面的、进化迟缓的孩子，是一个落后动荡的星球的子民；如果这些人的生命像一场抽搐的挣扎，以绝望的杀害而告终，如果他们把死者弃置在荒野中，甚至可能会吃掉那些尸体，因为一些古老的恐怖童话里也讲过这种事，但至少对未来还有点幻想吧。否则，这整个丑陋的世界就只是一个毫无意义的错误。

"抱歉，国王，"少年恭敬客气地说，"抱歉，在我离开你这个奇怪的国家之前，我想再问你一个问题。"

"问吧！"国王说，他给了少年不寻常的待遇。因为他觉得这个少年在一些事的看法上像是个高尚、成熟、丰富博学的人，但在另一些事上又像是一个孩子，需要被保护。

"陌生的国王，"少年开始说，"你让我很难过。你看，我来自另一个国度，那个神庙屋顶上的大鸟说得对：你们这里的苦难比我能想象到的还要深重。看起来，你们的生活就是一场让人恐惧的噩梦，我不知道你们是被神还是被魔鬼统治的。你知道吗，国王，在我们那里有个传说，据说我们那里曾经也有过战争、谋杀和绝望这类事情，我以前一直以为那就是个虚无缥缈的童话故事。这些让人毛骨悚然的字眼很久以前就在我们的语言中消失了，只能从古老的童话书里读到。我们觉得这些词既可怕，又有些好笑。今天我知道了，这些都是真的。以前我只能在古老的恐怖传说中听到的事，你和你的子民们正在做，正在经受，但现在请你告诉我：你们心里没有一种预感，觉得你们做的事情不对吗？你们对光明的众神、对理智又使人快乐的引领者没有一丝渴望吗？你们在睡梦中从来没有梦到过另一种更好的生活吗？大家团结一心，充满理性，井然有序；人与人之间愉快坦然、彼此爱护。你们从来没有想过这个世界可能是一个整体；尊重这个整体，用爱来为整体效力，可能是愉悦的吗？你们完全不知道我们所说的'音乐''礼拜''极乐'是什么吗？"

听这段话时，国王低下了头。现在，他又重新抬起头，换了一副表情，脸上闪着微笑，虽然眼中含着泪水。

"漂亮的少年，"国王说，"我不太确定，你到底是一个孩子，是一位智者，还是一位神明，但我可以回答你，你说的这些我们都知道，都在我们心里。我们知道幸福，我们知道自由，我们知道众神。我们有一个关于远古时期的一位智者的传说，他听说世界是宇宙各个空间和谐运行的整体。你觉得这样说够吗？瞧，可能你是来自彼岸的极乐之人，但也可能你就是上帝本人，你的心中有幸福、力量、意志，我们的心里也就有感知，但只是一种遥远的幻影。"

突然，他站了起来，少年也讶异地站了起来。因为有一瞬间，国王脸上现出明媚的笑容，仿佛置身于晨曦中。

"走吧！"他对少年说，"走吧，让我们战斗，让我们残杀吧！你让我心软了，你让我想起了我的母亲。够了，够了，亲爱的漂亮少年。现在就走，在新战役爆发之前赶紧逃吧！血流成河的时候，城市烧毁时，我会想你的，我会想起世界是一个整体。我们的愚蠢，我们的愤怒，还有我们的野蛮，都不能将我们分离。好好活着，替我向你的星球问好，替我向那个标志是颗心，上面还有一只大鸟在啄的神明问好！我对那颗心和那只大鸟很熟悉。还有，来自远方的漂亮朋友，你记住：当你想起你这个身处战争中的可怜的国王朋友时，不要想起他坐在床上，沉浸在悲伤里的样子，请想起他眼中含泪、手上沾血，微笑的样子！"

国王没有叫醒侍从，而是亲手掀开帐帘，让少年走出来。少年带着新的思绪从平原上往回走。他看到暮光中，天际边缘，一座大城市在大火中熊熊燃烧。他越过人和马的腐尸，直到天黑，走到了森林覆盖的山脉边缘。

黑色大鸟已经从云端降落下来，他坐上鸟背。他们穿越黑夜往回飞，像猫头鹰一样，飞得安静又平稳。

少年从不安的睡眠中醒来，发现自己正躺在山间小庙里。在庙前面，他的马儿站在潮湿的草丛里，对着日光嘶叫，但那只黑色大鸟，那段异星旅行，那个国王，还有那片战场，他都不记得了，只是在心里留下了一片阴霾，留下了隐秘的痛楚，像有一根细刺，像无助的同情，隐隐作痛；像一个小小的未满足的愿望，愿望在梦中折磨我们，直到我们见到暗暗想要遇见的人，向其表达爱，分享其喜悦，看到其微笑。

少年信使骑上马，走了一整天，来到都城见到了国王。事实证明，他是一个合格的信使。国王仁慈地接见了他，碰了碰他的额头，对他说："你的眼睛跟我的心说了话，我的心说'好'。还没听你要说什么，我就已经在心里同意了你的请求。"

少年随即拿到了国王的特许令，全国所有的鲜花都可以供他调配，陪同者和使者随他一同前往，马和车辆紧随其后。几天后，他绕过大山，从平坦大路上回到省里，回到镇上，运回来许多车北方花园和温室里种出的最美的鲜花。这么多鲜花，不光够装饰死者的身体，能把他们的墓地布置华丽；也够按照习俗为每一位死者种上一株花、一丛灌木和一棵小果树，以表怀念。少年也用鲜花装饰了他的朋友和他心爱的小马并安葬了他们，然后在他们的坟上种上了两株鲜花、两丛灌木和两棵果树。他的痛苦逐渐淡了，取而代之的是平静而愉快的怀念。

当他实现心愿，完成使命后，关于那夜异星旅行的记忆又开始在他心头涌动。他请身边人给他一天独处的时间。他在纪念树下坐了一天一夜，在脑海中摊开他在异星上看到的种种画面。

后来有一天，少年去拜访老者，跟他进行了一次秘密对话，把这一切都告诉了他。

老者听完，坐着沉思了一会儿，问他："我的朋友，这是你亲眼看到的，还是你做的一个梦？"

"我不知道。"少年说，"我觉得可能是一个梦，然而，请允许我这样说，它跟我在现实中感受到的几乎没什么差别。我的心里留下了一片悲伤的阴影，在我幸福的生活中，那个星球向我吹来阵阵冷风，所以尊者，我来问问你，我应该怎么办？"

"明天，"老者说，"再进一次山，去你找到神庙的那个地方。那个神明标志很奇怪，我从来没听说过，它可能是另一个星球的神，但也有可能那个神庙和那位神明非常古老，是早先我们祖先供奉的，那时我们还有武器、还畏惧死亡。亲爱的孩子，去那个神庙一趟吧，去献上鲜花、蜂蜜和歌曲。"

少年向老者表示了感谢，并听从了他的建议。他带了一碗甘甜的蜂蜜（人们一般在初夏首次蜜蜂节时用它来招待贵宾）和他的琉特琴。在山里，他又找到了他当时采风铃草的地方，找到了森林里那条上山的陡峭石路，他不久前曾牵着马徒步走过这条路。那座庙所在的地方，那座神庙，那黑色的祭祀石，那些木柱，那个房顶，还有房顶上的大鸟，都找不到了。当天没有找到，后几天也没能找到，大家都说没听说过他描述的那样一座神庙。

于是，他回了家乡，路上经过慈爱纪念堂时，他走进去，献上蜂蜜，弹着琉特琴唱了歌，向慈爱纪念神讲述了他的梦。他讲了那座神庙，那只黑色大鸟、那个可怜的农夫、战场上的死尸，还重点讲了帐篷中的那位国王。随后，少年了结了心事，一身轻松地回了家，在卧室里挂上了世界统一的标志。经历了这些天的事情，他好好睡了一觉。第二天早上，他开始给邻居帮忙，跟他们一起在花园和田野里唱歌，清除地震留下的最后一点儿痕迹。

（1915年）

法尔度的故事

年集

通往法尔度市的这条路穿过一段长长的丘陵地带，路旁一会儿是森林，一会儿是广袤的草地，一会儿又是庄稼地。离城市越近，路旁的农庄、牛奶场、花园和民居就越多。大海远远的看不见，好像全世界就是由小山丘、美丽的小山谷、草地、森林、耕地和果园组成的。这个国家物产富饶，瓜果、木材、牛奶、肉应有尽有。这片村庄干净秀丽，村民总体上都勤劳规矩，不喜欢刺激冒险的事情，每个人只要不比邻居过得差就心满意足。法尔度国（国家与城市同名）就是这样一个国家，只要不是发生了什么特别的事情，世界上大多数国家都差不多。

这天清晨，第一声鸡啼响起后，这条通往法尔度市的美丽道路就热闹起来。这种景象每年只能看到一次，因为今天城里要办大集，方圆二十里内所有的农民、农妇、工匠、帮工、学徒、雇工、男孩儿和姑娘，没有一个不是从几个星期之前就开始想着、盼着这场大集的。不过不是人人都能去赶集，牲口、小孩儿、病人和老人总得有人照顾，还有些人运气不好，要留在家看家护院，他们对着从一大早就暖洋洋地挂在夏末天空上盛装以待的太阳不停抱怨。

主妇和姑娘们胳膊上挎着小篮筐，小伙子们把胡子刮得干干净净，每个人的扣眼里都别着一朵丁香或紫菀花，身着节日盛装。女学生精心编好辫子，头发在阳光中闪着润泽油亮的光。驾马车的人在鞭柄上系上一朵花或一条红色彩带，有条件的人在马匹宽宽的装饰皮革上挂上黄铜片，黄铜片垂到马膝，金光闪闪的。几辆栅栏车过来了，绿色的车顶由山毛榉树的枝条制成，车里挤满了人，他们膝间或放着篮子，或抱着孩子，大多数人在大声合唱。时不时驶过来一辆车，车身特意用彩旗和纸花做了装饰，红色、蓝色、白色的纸花点缀在山毛榉的绿叶间，车上传出响亮的乡村音乐，在树枝的半遮半掩间，人们可以看到金色的圆号和小号正闪烁着迷人的微光。那些从日出时就开始行路的小孩子们开始哭闹，大汗淋漓的母亲们赶紧安抚。有些孩子遇到好心的车夫，会载他们一段路。一位老妇人推着一辆婴儿车，车里一对双胞胎睡着了。他们熟睡的小脑袋中间的枕头上放着两个跟他们一样腮帮子圆嘟嘟、红扑扑的洋娃娃。洋娃娃穿着漂亮的衣裳，梳着好看的发型。

住在这条街上的人和今天不去赶年集的人，整个早上都十分欢快。他们两只眼睛看个不停，但这样的人并不多。花园的台阶上坐着一个十来岁的小男孩儿，他因为要独自留在家里照顾祖母而难过地哭泣。他在那里坐够了、哭够了，正好看见一群小男孩儿从面前跑了过去，他也一下子跳起来，跑到街上跟着他们一起玩耍去了。离这里不远的地方住着一个单身老汉，他因为怕花钱，所以不想听到一点儿关于年集的消息，打算在这个普天同庆的日子里静下心来好好修剪一下院子里高高的山楂树篱，因为这也确实该修了。早上的露水刚干了一点儿，他就拿着大剪刀兴高采烈地开始忙活起来，但没一会儿就停工了，气冲冲地躲进了屋子里，因为路过的小伙子们一个个全都满脸惊奇地看着他修剪树篱，打趣儿他说勤快得太晚了一点儿。姑娘们在旁边咯咯笑。他生起气来，用剪刀吓唬他们。所有人都向他挥挥帽子，笑着致意。他坐在屋里，拉上百叶窗，但又满怀羡慕地透过缝隙向外望。当他的怒气一点点平息，看到最后寥寥几个行人正往集市的方向狂奔，就如同向着极乐世界狂奔时，他也穿上靴子，兜里揣上一塔勒，拿上拐杖，出发往集市走去。正要走时，他突然觉得一塔勒有点儿太多了，又把钱掏出来，往皮钱包里塞了半塔勒，然后捆紧钱包放进口袋，锁好屋门和院门，急匆匆往城里跑，一路上超过了好几个路人，甚至还超越了两辆马车。

他走了。房子和花园空空荡荡，街道上的灰尘开始慢慢飘落，马蹄声和铜管乐器的声音消失了，麻雀从布满庄稼茬儿的田地里飞过来，在漫天的白色灰尘里洗个澡，到处观察着哪儿还有喧闹声。整个街道炎热空旷，死气沉沉，只有时不时从远处传来的一声微弱的吆喝声和隐隐约约的号声。

森林里走出来一位男子，宽宽的帽檐压得很低挡住眼睛，正不疾不徐一个人走在荒芜一人的乡间小路上。他身材高高的，迈着坚定从容的步伐，一身灰扑扑的衣服毫不起眼。帽檐下的眼睛敏锐而平静，如同一个过尽千帆的人，对这个世界不再抱有欲念，但认真观察每件事物，不放过任何细节。他什么都看到了：他看到无数凌乱的车辙；他看到一只马的蹄印，马拖着自己的左后蹄往前走；他看到远处灰蒙蒙的雾气中小小的法尔度耸立在丘陵之上，各色屋顶闪着光；他看到花园里有一个矮个子女人害怕地跑来跑去，她在呼唤谁，却没有回音；他看到路边有一小块金属反着光，他弯腰捡起那块金闪闪的圆铜片，是一小块掉落的马颈圈，他把圆片装进兜里；接着他看到路旁有丛老的山楂树篱，有几步长度是新剪的，修剪人一开始剪得整齐仔细，兴致勃勃，但后面越剪越差，因为时而一块剪得太深，时而又有一块冒出来几根散乱多刺的枝条。继续往前走，陌生人看到路上躺着一个洋娃娃，洋娃娃的头显然是被车轮轧过了；还看到地下有一块黑麦面包，黄油融化在上面发出光泽；最后，他还发现了一个结实的皮钱包，里面放着半塔勒。他摆好洋娃娃，让它靠在路缘石上，把黑麦面包撕成碎屑喂了麻雀，又把那个装着半塔勒的钱包装进了口袋。

荒凉的街道寂静无声，两侧的草坪落满厚厚的灰尘，小草被太阳晒得枯黄。四下无人，旁边农庄里的鸡到处跑来跑去，鸡在暖阳下咯咯叫。青色的卷心菜园里，一个老妇人正弯着腰拔草。行路者问她从这里到城里还有多远，可她是一个聋子，行路者放大声音又喊了一遍，她只是无助地望着这边，摇摇头发斑白的脑袋。

继续往前走，他时而能听到城里传来忽大忽小的音乐声，乐声越来越频繁，越来越长，最后源源不断，远听起来像是一道瀑布。奏乐声和喧闹声交织在一起，仿佛所有人都聚在那里，欢天喜地。路旁出现了一条小溪，溪水宽阔沉静，几只鸭子浮在水面上，碧蓝溪水下摇曳着暗绿色的水藻。道路开始上坡，小溪拐了个弯往一旁流去，水面上一座石桥通向对岸。矮桥墩坐着一个瘦削的男人，样子像是一个裁缝，正歪着脑袋睡觉。他的帽子掉到地上，一只滑稽的小狗正坐在他旁边守卫他。陌生人想把睡着的男子叫醒，不然他很有可能睡着睡着就掉进水里了，不过，他往下看了看，发现桥面并不高，溪水也很浅，便没有打扰这个裁缝，让他坐着继续睡。

经过一段又窄又陡的路后，法尔度的城门出现在他眼前，城门大开，一个人都看不见。男子穿过城门，走到一条铺着石板路的小巷里。两侧的房子前停着一排卸空的马车，他的脚步声突兀地在巷子里清晰地回响。其他巷子里都传来噪声和熙熙攘攘的声音，但这条巷子空无一人，整条街遮蔽在阴影中，只有高层的窗户反射着金灿灿的日光。行路者坐到一驾栅栏车的车辕上休息了片刻，临走时，他把在城外捡到的铜片放到了车夫的凳子上。

他刚走完一条巷子，周围便充斥着嘈杂声和年集的喧闹声了。几百个摊子的商贩叫卖着各色商品；孩子们吹着镀银的喇叭；屠夫从沸腾的大锅炉里捞出整串湿漉漉的新鲜香肠；一个江湖郎中站在高台上，透过厚厚的角质眼镜热情地到处张望，身上挂着一块写满所有人类疾病和缺陷的小黑板；一个留着黑色长发的人牵着骆驼经过郎中旁边，骆驼伸长脖子，高傲地看着下面的人群，一张豁嘴嚼来嚼去。

那个森林里走出来的男子认真打量着所有人，让自己在人群中被推来挤去。他到这儿看看连环画家的摊子，到那儿看看甜姜饼上写的格言警句，但都未停留，看起来像是在找什么东西，但还没有找到。他慢慢往前走，来到了宽阔的主广场，广场拐角处有一个卖鸟人。他在旁边细听了一会儿那些小笼子里传来的鸟叫，轻轻吹口哨，向红雀、鹌鹑、金丝雀和啼莺做出回应。

突然，他看到附近闪出耀眼美丽的光，仿佛所有阳光都汇聚到了那一点上。他走近一看，原来是一面大镜子，镜子挂在铺子里，旁边还放着几百种别的镜子，大的、小的、四方的、圆的、椭圆的，挂式的、立式的，还有带柄手持的和能放在口袋里随身带着、让人们不至于忘了自己尊容的小薄镜子。摊主站在摊前，手里拿着一面亮闪闪的带柄手持镜聚光，让反射的亮光在摊子上舞蹈。他手里边忙活，边一个劲儿喊："走过路过不要错过，镜子！这里能买镜子！法尔度最好、最便宜的镜子哟！镜子，小姐夫人们，漂亮的镜子哟！过来看一看瞧一瞧，都是用最好的水晶制作的，货真价实哟！"

陌生人在镜子摊前站住了，像是找到了他要找的东西。挑镜子的人中有三个乡下女孩儿，他站到旁边看着她们。那是三个活泼健康的农家女孩儿，不算漂亮但也不丑，穿着结实的鞋子和白色长筒袜，金色的辫子有些干枯，年轻的眼中露出热情的目光。三个女孩儿手里都拿着一面镜子，都不大也不贵。她们犹豫着要不要买，正享受着选择带来的迷人的烦恼。每个人都失神地望着明亮的镜子，看着镜子里自己的脸、嘴巴、眼睛、脖子上的小饰品、鼻子上的点点雀斑、清晰的分发线和粉色的小耳朵。她们静静地认真观察着自己。站在她们身后的陌生人看着镜子中的她们睁大眼睛，表情似乎有些严肃。

"唉，"他听第一个姑娘说，"我希望我能有一头金红色的头发，长长的直到我的膝盖！"

第二个姑娘听到朋友的愿望，轻轻叹了一口气，更真诚地望着镜子里的自己。接着，她也红着脸坦白了心里的愿望，害羞地说："如果我能许一个愿望，我希望我能拥有一双全天下最漂亮的手，又白又嫩，手指细细的、长长的，指甲盖粉粉的。"她看了看自己拿着椭圆镜子的手。那双手并不丑，但有些粗短，而且由于长期干活变得有些坚硬粗糙。

第三个姑娘是她们当中个子最矮，也是心情最好的，她听到同伴的愿望笑起来，开心地叫道："这个愿望不错哦。但你知道吗，手没那么重要啦。我最希望从今天起，我能成为整个法尔度最灵活、最优秀的舞者。"

姑娘突然吓了一跳，转过身来，因为她看见镜子里自己的脸后面还有一张陌生人的脸，那人的黑眼睛熠熠生光。那正是站在他们后面的男人，而她们三个一直都没注意到。她们惊讶地看着男人的脸。他点头问候，说道："小姐们，你们许了三个美好的愿望。请问你们是认真的吗？"

矮个子姑娘放下镜子，把手背到后面，想为他带来的惊吓稍稍惩戒他一下，已经在心里想好了一句刻薄的话，但当她看着他的脸，发现他的眼神里充满力量，一下子有点儿尴尬。"我许什么愿跟你有什么关系？"她只说了这么一句，脸便红了起来。

但另一个想要全天下最漂亮的手的姑娘相信了这个个子高高的男人，她觉得她有一种父亲般可敬的气质。她说："是的，我们是认真的。难道还能许出比这更好的愿望吗？"

镜子摊摊主凑了过来，其他人也仔细听着。陌生人抬起帽檐，露出亮亮的高额头和威严的双眼。这时，他亲切地向三个姑娘点了点头，微笑着说："看看吧，你们想要的都有了！"

姑娘们互相看了一眼，赶紧去照镜子。三个人惊讶而且高兴得脸色发白。第一个姑娘拥有了一头浓密及膝的金红色秀发；第二个姑娘拿着镜子的手极白极细，如同公主的纤纤玉指；第三个姑娘瞬间穿上了红色皮舞鞋，脚踝细得就像小鹿的脚踝。她们还没明白过来到底发生了什么，拥有全天下最漂亮的手的姑娘一下子喜极而泣，靠在姐妹的肩头上幸福地哭了起来，泪水顺着长发姑娘长长的金红色秀发滑落。

这个奇迹故事在小摊周围迅速传开。一个目睹这一切的学徒工目瞪口呆地站着，直直盯着陌生人，像石化了一样。

"你不想许一点儿什么愿望吗？"陌生人突然问他。徒工吃了一惊，他完全蒙了，眼睛茫然地到处看，想搜寻一点儿什么能许愿的东西。他看到猪肉铺前挂着一大串粗红肠，便指着那边，结结巴巴地说："我想要一串那种熟香肠。"看哪，一串香肠挂上了他的脖子，所有看见这一幕的人都笑起来，叫喊起来，人们使劲儿往里挤。现在，每个人都想许一个愿望。陌生人同意了。轮到下一个人，他更大胆了一些，许愿想要一身新的上等面料的礼服。话音刚落，他身上就出现了一套崭新的精美华服，就连市长也没有比这更好的衣服了。接着又来了一个乡下妇女，她鼓起勇气，脱口而出想要十个塔勒，接着，十个塔勒便在她兜里叮当作响了。

现在，大家看到真的出现了奇迹，事情瞬间传出市场，传遍全城，镜子摊周围很快就围了一大圈人。很多人笑着开玩笑，还有一些人不信，聊天的语气中满是怀疑，但还有很多人已经发了"愿望高烧"，眼神灼热、面颊滚烫地往镜子摊跑。脸因欲望和担忧变得扭曲，因为他们都怕还没等自己许上愿，愿望之泉就干涸了。男孩儿们许愿要蛋糕、大弓、小狗、大袋坚果、图书和保龄球，女孩儿们高兴地拿着新衣服、发带、手套和阳伞离开。一个十岁的小男孩儿从祖母身边溜走，为年集的精彩热闹激动得忘乎所以。他用清亮的嗓门大声许愿，想要一匹小马，而且必须是黑色的小马。紧接着，一匹小黑马在他身后

嘶叫，亲密地用脑袋蹭着他的肩膀。

一个手持拐杖的老单身汉从沉迷魔法的人群中挤出来，哆哆嗦嗦地走到前面，激动得几乎吐不出字来。

"我想要，"他结结巴巴地说，"我想、想要两百个……"

陌生人审视地打量了他一下，从兜里掏出来一个皮钱包举到这个激动的老头面前。"等一下！"他说，"这个钱包是不是您丢的？里面有半个塔勒。"

"对，我有这么个钱包。"单身汉喊道，"这是我的。"

"您想拿回去吗？"

"对，对，快给我！"

他拿回了钱包，但也因此浪费了许愿的机会。明白过来以后，他拿起拐杖愤怒地往陌生人身上砸去，但没砸中，只打碎了一面镜子。碎片声还没停，摊主就过来要他赔钱，单身汉只得付了钱。

但这时又来了一个膀大腰圆的房主，许了一个大愿望，希望他的房子上能有一个新房顶。接着房子上便出现一个由崭新的砖块铺成的屋顶，屋顶上的烟囱还刷着白石灰，在巷子里十分耀眼。人群重新骚动起来，大家都想提高自己的愿望。紧接着就有一个家境贫寒的人不羞不臊地站出来，说想在市集旁拥有一套新的四层别墅，一刻钟之后他已经靠在自家窗台上，俯瞰年集热闹景象了。

现在根本没什么年集了，镜子摊——那个能许愿的地方就像个泉眼，城市里所有的热闹奔忙都像河流一样从那里涌出。每个愿望许完后都会有随之而来的赞叹的欢呼、嫉妒和大笑。有个饿肚子的小男孩儿许愿只想要一帽子的李子，一个稍富一点儿的人往他帽子里填满了金币。后来又有一个胖胖的老板娘许愿摆脱身上的大肿块，人群中爆发出了巨大的掌声和欢呼。但此刻，愤怒和嫉妒也彰显了它的威力。因为这个老板娘的丈夫跟她生活不睦，还刚刚吵了一架，于是丈夫把本来想让自己变富有的愿望换成了希望他老婆的肿块再回到原来的位置，但已经有了治病的先例，人们便带来一群老弱病残，于是，瘸子开始跳舞，盲人喜悦地望着阳光。人群陷入新的狂欢中。

这时，孩子们早已经跑来跑去，把这件事传遍了大街小巷。据说，有一个忠厚的老厨娘，正站在灶台前为客人烧鹅，听到了窗户外面的喊叫，她无法抵挡这份诱惑，跑到集市上，想让自己赶快变富变幸福。她挤在人群中，越往前，就越能清晰地听见良心在跳。等轮到她许愿时，她把愿望统统放弃了，只希望自己的做的鹅在她回去之前别烧煳了。

骚乱仍在继续。儿童保姆把孩子抱在手上，跟跟跄跄地从房子里跑出来；卧病在床的人穿上衬衣激动地跑到巷子里。从乡下走来一个一脸茫然、心如死灰的矮个子女人。当听说能许愿时，她哭哭啼啼地祈求他杳无音信的孙子能毫发无损地回来。看哪！一个男孩儿立即骑着小黑马从远处过来，笑着扑进祖母的怀里。

最后，全城的人都聚集过来，沉醉在这场魔法盛宴中。实现愿望的情侣手挽着手漫步，贫穷人驾着四轮马车，身上还穿着今早穿上的打着补丁的旧衣裳。那些后悔自己愿望许得不好的人要么伤心地走在路上，要么在老市场的水井边借酒浇愁，一个爱开玩笑的人许了一个愿望——把井水变成了上等美酒。

最后，全法尔度就只剩两个人还不知道外面发生的奇迹，没有许过愿了。那是两个少年。他们正在城郊一栋老房子的阁楼上，窗户紧闭。一个少年站在房间中央，下巴下面夹着一架小提琴，正忘我地演奏；另一个坐在墙角，双手托着下巴，沉醉在美妙的音乐声中。阳光透过小窗斜射下来，映照着桌上的一束小花，在墙壁被撕烂的破壁纸上玩耍。房间充满了美妙的琴声和微暖的阳光，就像一个装着闪光宝石的秘密宝库。小提琴手闭着双眼，身体随音乐来回摇摆；倾听者静静地看着地面，呆呆地、出神地坐着，整个人像丢了魂儿。

巷子里响起啪嗒啪嗒的脚步声，房子的大门被推开，沉重的脚步声一路传上楼梯，在阁楼前停下。房主一下子推开门，大笑着朝房间里喊话，曲子突然断掉了，一直沉默的倾听者愤怒地跳得老高。小提琴手也被这突如其来的打扰弄得生气又失落，满眼责备地看着房主笑盈盈的脸，但房主并没注意到这些，他像一个醉汉一样挥着手臂大声说："外面整个世界都变了，你们两个傻瓜还坐在这里拉琴。快醒醒吧，赶紧跑，要么就赶不上了！集市上有一个男人，能实现每人一个愿望。这样你们就不用再住在阁楼上，还老是欠着那么点儿房租了。起来，快跑，别晚了！我今天也成了一个富翁啦。"

小提琴手惊奇地听着，因为这个男人不让他安宁，他便放下小提琴，戴上帽子。他的朋友也默默跟在了后面。他们一出门就看到半个城市都变得奇奇怪怪，昨天还矮矮斜斜的灰房子，如今却高大辉煌得像皇宫一样。他们犹疑不安地走过去，感觉像做梦一样。他们之前认识的乞丐或是乘着豪华马车经过，或是从漂亮房子的窗户里陶醉又骄傲地往外看。一个瘦削的裁缝打扮的人后面跟着一只小狗，正气喘吁吁、大汗淋漓地拖着一个沉甸甸的大麻袋。大麻袋磨破的小洞漏出几块金子，掉落在石板路上。

两位少年来到集市广场，走到了镜子摊前。陌生人站在那儿，对他们说："你们两位对许愿一点儿也不着急嘛。我正要走呢。说吧，你们想要什么？别拘束。"

小提琴手摇摇头说："唉，您别管我！我什么也不要。"

"不要？你再想想！"陌生人说，"只要你想得出来，任何愿望都可以许。"

小提琴手闭上眼睛考虑了一会儿，然后轻声说："我想要一把小提琴，我能用它拉出动人的乐曲，全世界的噪声都不能再影响到我。"

看吧，霎时间，他的手里出现了一把漂亮的小提琴和一把琴弓。他拿起小提琴，摆好架势演奏起来：曲声优美有力，仿若天堂之歌。听到的人都驻足细听，眼神认真庄重，但当小提琴手演奏得越来越倾心、越来越精彩时，却被一股看不见的力量抬了起来，消失在空中，只有音乐声如同落日的余晖般从远处传来。

"那你呢？你想许什么愿望？"男人问另一个少年。

"您现在把我的小提琴手也给弄走了！"少年说，"我一辈子什么都不想要，只想听，只想看，只想思考什么才是永恒的，所以我想许愿让自己变成一座山，像法尔度国那么大，山顶能直插云霄。"

地底下开始隆隆作响，一切都开始摇晃。玻璃叮当作响，镜子东倒西歪在石板路上碎了一地，集市广场像一块被揪起的布料摇摇晃晃抬升起来。广场下面有一只小猫从睡梦中被惊醒，高高地弓起脊背。人群中弥漫着巨大的恐慌，千百人尖叫着逃出城跑到田里，但留在集市广场上的人看到城市后面耸起一座巍峨高山直入云端，地下静静流淌的小溪变成了奔腾的白色山泉，泛着白色的泡沫，从山上一路跌入山谷。

才过了片刻，整个法尔度国变成了一座大山，城市坐落在山脚下，遥远的深处是大海。期间没有人受伤。

一个站在镜子摊前的老头目睹了这一切，对旁边的人说："这个世界简直是疯了，幸亏我活着的日子不长了，但那个小提琴手真是可惜了，我还想听他演奏呢。"

"是呀，"另一个人说，"但你说，那个陌生人去哪儿了呢？"

他们四处张望，陌生人却已不见了。当他们仰头看那座新出现的高山时，看到陌生人正在高山上走着。他的大衣在风中飘扬。一瞬间，他突然变得无比高大，面对着夜空站立，然后在岩角后面消失不见了。

山

斗转星移，世事变迁，年集已经是很久远的事了。一些当时许愿变富的人早已又陷入贫困。拥有一头金红色长发的姑娘已嫁为人妇，还生了几个孩子。孩子现在都能自己在

每年夏末去市里赶年集了。灵巧的跳舞姑娘嫁给了一个工匠，她的舞蹈依然优美，比一些年轻小姑娘跳得还好。她的丈夫当时也求了一大笔钱，但看起来这一对有趣的眷侣这辈子就能把钱全都花光。第三个拥有全天下最漂亮的手的姑娘是所有人里最常想起镜子摊前那个陌生男人的。她一直没有嫁人，也没有变得富有，但她一直拥有精致的双手。为了保护自己的手，她不再做农活，而是留在村子里帮别人应急，如照看照看孩子，给他们讲童话和传说故事等。关于那次神奇的年集的故事，孩子们都是从她那里听来的：穷人怎么变成富翁，法尔度国怎么变成高山的等。每当她讲故事的时候，便会微笑地看着自己公主般的玉手，满脸动容，让人觉得她是当年镜子摊旁所有人里最幸运的，尽管她生活清苦，未能嫁人，只能给不认识的孩子讲述动人的故事。

当年的少年如今已两鬓斑白，当年的老人如今已不在人世，只有那座大山不惧岁月，未曾改变。积雪在云雾缭绕的山顶闪光时，大山似乎在笑，高兴自己不再是肉体凡胎，不需要再计算人间岁月。山岩在城市和国家之上闪耀，每天它的阴影在整个国家游移，山下的溪流宣告着季节变迁，大山成了所有人的宝藏和父亲。森林和草丛在它身上生长，草丛中点缀着鲜花，小草在风中摇曳，山泉从它身上流出，雪、冰、石头都产自它身上，石头上冒出彩色的苔藓，溪边的勿忘草静静生长。大山里有洞穴，穴中水滴如同掉落的银线，从山岩到山岩，年复一年奏出单调的乐曲。深渊中有一个秘密空间，水晶已在那儿生长千年。从没有人到达过山顶，但有人说在高高的山顶上有一个圆形小湖，那儿只能倒映太阳、月亮、云朵和星星。没有人也没有动物见过那座大山奉给天空的明镜，因为就连老鹰都飞不了那么高。

法尔度的人们快乐地生活在城市和众多山谷中，他们为孩子洗礼、做生意、经营各种行当，互相送葬。从父辈到孙辈一直传承的，是他们对大山的认知和畅想。牧民和猎人、割草人和采花者、制酪牧人和旅行者丰富着这个宝藏，吟游诗人和说书人将它传播出

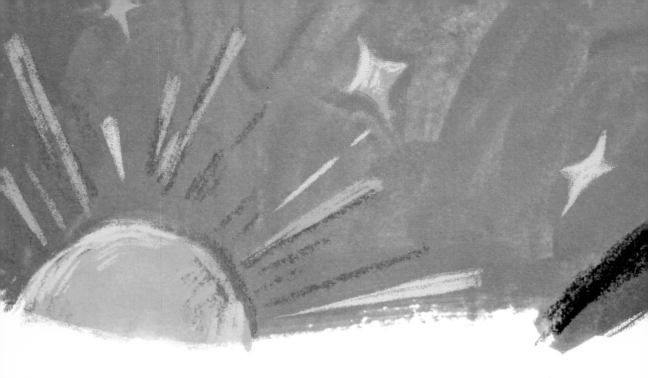

去。他们知道无数阴暗的洞穴，深渊下不见日光的瀑布，深深裂开的冰川，他们了解雪崩道和天气迹象。这片地区的温暖和严寒、水流和植被、天气和风，都因山而来。

再没有人知道过去的事了。据说关于神奇的年集有一个美丽的传说，在那次年集上，法尔度每个人都能许一个愿望，但关于山是从哪一天突然出现的，却再也没有人相信了。山肯定是一开始就在那里了，并且会永远屹立的。山就是家乡，山就是法尔度，但人们很喜欢听那三个姑娘和那个小提琴手的故事，总有地方会有少年关上门，深深沉浸在小提琴演奏中，梦想着有一天也能像故事里那个升天的小提琴手一样，在自己拉出的最美的乐曲中飘然远去。

大山就那样静静地巍峨屹立，一天又一天。每天它都看见红日从远处的海面上升起，从东到西，绕着山顶画一个圆。每天夜里，星星又静悄悄地重复一遍它的轨迹。每年冬天，冰雪将它紧紧包裹，而一到时间，雪崩便为自己寻找出路，蓝蓝黄黄长着浅色眼睛的太阳花在残雪边缘欢笑，小溪跳得更加活泼欢快，湖泊在日光里暖洋洋地泛着蓝色。在

看不见的山沟里，水流轰隆隆一泻千里。山顶的圆形小湖覆盖在冰层之下，等待一整年，只为在短暂的盛夏睁开明亮的眼，在短短几天里，白天映出太阳，夜晚映出星光。黑暗的洞穴里滴着泉水，一下一下敲击着岩石，永不停止。秘密空间中生长着千年水晶，不屈不挠，日臻完美。

山脚下稍高于城市的地方有一片山谷，一条宽宽的小河顺着山谷流下，清澈的水中倒映着赤杨和柳树。年轻恋人们常常会到那儿去，从大山和树木身上感受季节变换的魔力。另一片山谷里常常有男子在那儿练习骑马，舞刀弄剑。每年夏至夜，人们都会在一个又高又陡的岩峰上燃起熊熊篝火。

时光飞逝，大山保护着"爱情谷"和"练武场"，它给牧民、伐木工、猎人和撑筏人提供工作场所，为盖房供给石块、为融水供给冰块。它平静地看着一切的发生，目睹夏夜篝火在岩峰上第一次燃起，又看着它重燃了几百次；它看到下面的城市伸出笨拙的细手臂向外伸展，超过了古城墙；它看到猎人们丢弃了弓弩，改用火器射击。对它来说，世纪如同四季，年份如同小时般短暂。

它不关心在时间长河中，某次岩峰上火红的夏夜篝火未被点燃，从此这个传统被人遗忘。它不在意在岁月变迁中，曾是练武场的山谷逐渐荒凉，马道上长满了车前草和蓟草。它不阻止在物转星移间，有一次山崩改变了它的形状，滚落的山石让半个法尔度成为废墟。它几乎从不向下看，也没有注意到被摧毁的城市颓然一片，并没有再重建。

这些它都不关心，但它开始关心另一些事情。时光飞逝，看吧，山也老了。当它看到太阳升起、移动、降落时，感觉跟以前不一样了。当洁白的冰川上反射出星星的倒影时，它也感觉跟以前不一样了。现在，太阳和星星对它来说不再重要，真正重要的是它自己，比如，它的内部发生了什么。因为它能感觉到在岩石和洞穴之下的深处，一只陌生的手正做着什么，它感到坚硬的母岩被风化成页岩，溪流和瀑布侵蚀得更深。冰川消失，湖泊出现，森林变成石场，草地变成黑沼泽。它光秃秃的冰碛带和碎石沟冲入山下的国家，下方的这片土地变得奇怪，变得不一样，到处都是石头，弥漫着一股烧焦的气味，却寂静无声。大山越来越封闭自己。它觉得它跟太阳和星辰不是同一类，而跟风、雪、水、冰是同一类。它貌似永恒，却在慢慢消逝。

它更真诚地将溪流导入山谷，更仔细地落下滚石，更温柔地将花丛献给阳光。它在风烛残年时再一次想起了人类。倒不是说它把人类看作同类，但它开始寻找他们，开始感觉到自己被遗弃，开始回忆过去；可是城市已经不在了，爱情谷中没有了歌声，高山牧场上没有了小屋。这儿已经没有了人类，他们已经是过去式了。一切变得寂静而干枯，空气中蒙着一层阴影。

当大山感受到什么是消逝时，它开始震动。它一震动，山峰从一旁跌落，碎石从早已被岩石填满的爱情谷中滚下，落入大海之中。

是啊，时代不同了，可是大山为何如今总会想起人类呢？当初夏日熊熊的篝火，爱情谷中散步的年轻情侣，不是很美吗？哦，他们的歌声听起来总是那么甜美、那么温暖啊！

这座大山陷入深深的回忆中。它几乎感觉不到这几百年是如何流逝的，某些洞穴偶尔伴着极低的轰隆声塌陷、推移。当它想起人类时，心中有来自遥远的曾经模糊的声音，一种不解的感动和爱，一个漆黑浮动的梦让它隐隐作痛，仿佛它曾经也是一个人，或是人类似的存在，唱过歌也听过别人唱歌，仿佛在早年间，消逝的想法就曾穿过它的心间。

时光流逝。垂垂老矣的大山包围在粗糙的石堆间，逐渐下沉，陶醉于自己的梦中。过去是什么样？难道没有一种声音、一条精细的银线，将它与过去的世界相连吗？它在夜晚奋力翻寻自己腐朽的记忆，不安触摸断掉的银线，不断俯望曾经的深渊。在遥远的过去，不也有一个集体、一种爱在它心中燃烧吗？这个孤独者，这个大家伙，曾经不也是芸芸众生中的一个吗？在一开始，它不也有过母亲为它唱歌吗？

它想啊想，它的眼睛——蓝色湖泊，变得混浊而沉重，变成了沼泽，碎石刷啦啦滚落到草甸和花丛上。它想啊想，听到从无尽的远方传来声音，声音飘在空中，那是一首歌，一首人类的歌。它认出来了，它因痛苦的喜悦而颤抖。它听着这声音，看到了一个人，一个少年，被音乐音所包裹，穿过空气飘到阳光灿烂的天空。千百种深藏的记忆在震颤，像山泉般流淌，像乱石般滚落。它看到一张脸，一双黑眼睛眨着眼问他："你不想许一个愿吗？"

它许了一个愿，一个秘密愿望。许完愿，它的一切烦恼就都消失了。它不用再想起那些久远的被失落的东西了，一切令它痛苦的东西也都不见了。大山倒了，曾经的法尔度所在的土地崩塌了，无垠的大海波澜壮阔，低沉怒吼。大海之上，太阳与星星交替升起。

（1915年）

难行的路

站在峡谷的入口处，看着黑幽幽的石洞，我踌躇犹豫着，转身回头看。

阳光照射的世界绿意盎然，浅褐色的小花在草丛间摇曳。那儿多美，温暖多彩，令人心旷神怡。在那里，灵魂哼出低沉的满足声，就像毛茸茸的蜜蜂沐浴在日光和醉人的芬芳中，可我居然想离开这一切美好，去爬险峻的高山。我可能是一个傻瓜吧！

向导轻轻碰了碰我的胳膊。我把目光从美好的景象中拉回来，感觉就像一下子从温暖的温泉中跳了出来。现在，我眼前完全是另外一幅景象了：幽深的峡谷隐天蔽日，黑色的小溪从岩缝中爬出来，小溪旁边生长着一簇簇苍白的小草，溪底堆着各色石块，死气沉沉，了无生机，活像一堆堆动物的尸骨。

"咱们歇会儿吧。"我对向导说。

他有耐心地笑了笑，我们就地坐下。峡谷里很冷，一阵阴风从石洞中吹过来。

可恶，可恶，居然要走这种路！要穿过讨厌的石洞，要蹚过冰凉的小溪，要沿着又窄又陡的幽暗深谷向上爬，真是太可恶了！

"这条路看起来不好走啊。"我犹豫着说。

一个强烈的、难以置信的、荒谬的愿望像一束微弱的小火苗一样在我心里跳动。说不定我们可以掉头回去呢？说不定可以说服向导？说不定我们不用费这番力气呢？对呀，为什么不呢？我们来的地方风景不是比这里漂亮一万倍吗？那里的生活不是更丰富、更温暖、更可爱吗？难道我作为一个人，一个天真而短暂的生命，没有权利享受一丁点儿快乐，感受一隅阳光，用一只眼睛欣赏蓝天和鲜花吗？

对，我想留在那里。我不想当什么英雄或烈士！要是我能待在山谷中，沐浴着阳光，这一辈子就别无所求了。

我已经开始打寒战了，不能在这儿继续待下去了。

"你有点冷啊，"向导说，"我们走吧！"

他说着站了起来，伸展了一下四肢，笑吟吟地看着我。笑容里既没有嘲讽，也没有同情；既不严厉，也不仁慈；只有理解和明了。这个微笑仿佛在说："我知道你。我知道你的恐惧，也没有忘记你昨天和前天夸下的海口。我知道你的灵魂现在正因胆怯而绝望地跳动。我早就知道你会向往地回望外面明媚的阳光。"

向导微笑着看了看我，往昏暗的石谷里迈出了第一步。我对他真是又爱又恨，就像死刑犯面对自己脖子上的铡刀，也是又爱又恨的。我尤其痛恨他的才识、他的领袖气质和他的冷静，恨他一点儿可爱的弱点都没有。我也恨我自己，恨我内心觉得他是对的，对他赞同，与他相似，随他同行。

他已经走出去老远，踩着石子蹚过了黑乎乎的小溪，马上就要拐过第一个岩角看不到了。

"等等！"我害怕极了，脑子里想着，如果这是一个梦，这时，我的惊慌会打破他的形象，我就能醒过来了。"等等，"我喊着，"我不行，我还没准备好。"

向导站住了，静静地望着我，眼神里没有责备，却带着他可怕的理解，带着让我难以忍受的才识，带着他的"预料之中"、他的"早就知道"。

"要不我们回去吧？"他问道。还没等他说完最后一个字，我就知道我会说"不"，而且我也必须说"不"，虽然我心里很讨厌这样。我心里有无数个声音在吵，所有内心深处旧的、熟悉的、有爱的、习以为常的部分都在同时说："答应他，答应他。"整个世界和家乡就像一个圆球坠在我脚下。

我想说"好"，虽然我清楚地知道，我不会这样说。

向导伸手指向我们来时的山谷。我再次回头看着那个可爱的世界。现在，我看到的是最令人痛苦的一幕：那原本可爱的山谷和平原笼罩在苍白虚弱的阳光下，了无生气；各种不搭调的色彩奇怪地碰撞，发出刺耳的尖叫；阴影处漆黑一片，失去了原有的魔力；一切都被剜了心，魅力和芳香被夺走了——一切都让人反胃发腻。哎，我就知道，我就担心这一点，讨厌这一点。这个魔鬼向导，让一切可爱的事物变得一文不值，让活力和生气统统消失，让芬芳变了味，给色彩下了毒！呵，我就知道：昨日的酒变成了今日的醋，而醋永远变不回酒了，永远！

我沉默地跟着他往前走，心里很难过。他是对的，他每次都是对的。好吧，至少这次他还在我旁边，我还能看见他，而不是像往常那样，在做某个决定的瞬间突然消失，只剩下我一个人，与由他变成的我心中陌生的声音同行。

我嘴上沉默着，心里却在拼命呼喊："等等我，我来了！"

小溪里的石块粗糙不堪，走在上面很费力，感觉头晕目眩的。我左脚踩着右脚站在又小又湿的石块上颤颤巍巍。脚下的石块好像自己会缩小，会躲开似的。小溪中的石头路

开始陡然上升，两侧昏暗的崖壁越逼越近。它们闷闷不乐地鼓胀起来，每个岩角都暗藏阴谋，仿佛要趁机夹住我们，让我们再也不能回去。凸起的黄色山岩上淌着一层黏糊糊的脏水。我们所在之处，不见天日，暗淡无光。

我跟着向导走啊走，常因害怕和憎恶闭上眼睛。路边长着一株深色的小花，炭黑色的瞳孔透出凄迷的神色。美丽的小花跟我亲密地私语。向导走得更快了，这时我觉得，如果我再在此地逗留一会儿，如果我再低头看一眼这悲伤的眼睛，忧郁和低迷会让我沉沦，我的思想就会一直停留在这个毫无意义的疯狂的领域。

我浑身又脏又湿，艰难地往前挪着步子，头顶上方两侧潮湿的岩壁越贴越近。向导哼起了他那一贯的安慰之歌。随着迈步的节奏，他用嘹亮有力的少年之声唱着："我要，我要，我要！"我知道他是想给我打气，想让我无视这艰辛绝望的地狱之行。我知道他期待我能和上他的歌声，但我不想遂他的意。我有心情唱歌吗？我不是一个被硬拉过来做着连上帝也无权要求的、违背自己心意的事情的普通的可怜人吗？每株丁香，每株勿忘我，不应该就静静地长在小溪旁，经历正常的花开花谢吗？

"我要，我要，我要！"向导坚持唱着。唉，要是能回去多好啊！但在向导的帮助下，我早已爬过了悬崖峭壁，没有能回去的路了。想哭的念头憋在心里很难受，但我不能哭，我得忍住。我倔强地跟着他一起大声唱歌，相同的节奏和音调，但我没唱他的词，而是重复着："顶住，顶住，顶住！"边上坡边唱并不轻松，很快我就上气不接下气了，只得安静下来，气喘吁吁往前走，但向导仍然不知疲倦地继续唱："我要，我要，我要！"渐渐地我也开始跟着他的词一起唱了起来。这下爬坡越来越轻松，我不再坚忍着，而是真的"想要"了，唱歌的辛苦也感受不到了。

我心里更敞亮了，心里一敞亮，平滑的石头就往后退让，变得干燥，变得善良，还常帮忙稳住我踩滑的脚。在我们头上，浅蓝色的天幕渐渐拉开，夹在石岸中间，像一条蓝

色小溪，很快又变大变宽，像一汪蓝色的湖水。

我试着让"想要"的想法更强烈、更真诚。天湖继续扩张，山路也变得好走了。我有时能跟着向导走一段轻松的路。不经意间一抬头，我看见山顶已离我们很近，巍峨险峻，在阳光中闪闪发光。

快到山顶了，我们从狭窄的岩隙中爬出来，阳光直射，令人炫目。重新睁开双眼，我的腿害怕得剧烈颤抖。我看到自己无依无靠地站在陡峭的岩峰上，周围是无尽的蓝天和可怕的深渊，只有窄窄的山峰薄得像是一架梯子矗立在我们眼前，但至少这里又有蓝天和阳光了。我们踏上最后一段逼仄的山路，两个人都双唇紧闭，眉头紧锁，步步小心。站到山顶，踩在一块被太阳晒得通红的窄石上，空气凛冽、稀薄。

奇山！奇峰！我们攀着无边无际的光秃秃的岩壁费尽心思到达顶峰，而在这顶峰之上，一棵矮小粗壮的树从岩缝里破石而出，生出几条短小而坚韧的枝丫。它立在岩缝中，奇特至极，孤独无比，坚强又固执。枝丫中间透出清冷的蓝天。树的最顶端落着一只黑色的鸟，用沙哑的嗓音唱着歌儿。

短暂停留间，我在世界之巅做了一个安静的梦：太阳热烈地燃烧，岩石被烤得发烫，世界虚无凛冽，鸟扯着嗓子嘶唱。它那沙哑的歌声唱道：永远，永远！黑鸟唱着歌，敏锐的眼睛像颗黑水晶，炯炯有神地看着我们。它的眼神和它的歌声都让人无法忍受，而最可怕的还是这里的寂寞和空虚以及这辽阔得让人头晕目眩的单调天空。死亡是至高的幸福，留下是巨大的苦难。必须要发生点什么，立刻，马上，否则我们和世界都会在这片恐怖的景象中石化。我感觉到，这件事就像暴风雨前的狂风，排山倒海呼啸而来。我觉得它像燃烧的火焰在我的身体和灵魂之上跳动。它逼近了，它来了，它到了。

鸟突然跳下树枝一头冲向天际。

向导纵身一跃落进碧空，跌入闪着光的天穹，飞走了。

现在，命运的波澜冲到顶点；现在，它撕碎了我的心；现在，它悄无声息迸裂了。

我跌下，坠落，跳跃，飞翔；我被包裹在寒风中，幸福地、无止境地冲下去，冲向母亲的怀抱。

（1916年）

鸢尾花

　　童年的春天，安塞尔姆跑过绿意正浓的花园。母亲种的花里有一种叫鸢尾，他特别喜欢。他把脸贴在挺拔的嫩绿叶片上，用手指碰碰它尖尖的顶，凑在美丽的大花朵旁深深吸一口花香，久久地看向花的深处。淡蓝色的花托里冒出一排长长的黄色花丝，花托中间一条明亮的小径一直向下通向花萼，通向花朵遥远的蓝色秘密。他爱极了这花，看了它好久。他看到细嫩的黄色花丝一会儿像国王花园里的金色篱笆，一会儿像两排风吹不动的美丽的梦想树，花丝中间明亮的秘密小路布满玻璃质感的鲜活脉络，通往花的内部。花瓣极致地弯曲，金色小树中间的小径向后延伸，通向无尽的深处，小径上方紫色的花瓣威严卷曲，在静静等待的奇迹上方留下一层迷人的浅色阴影。安塞尔姆知道，这是花的嘴巴，而灿烂的黄花丝后面，淡蓝色深穴里，住着花的心和思绪，它的呼吸和梦想在那条明亮可爱、布满玻璃质纹路的小径上进进出出。

那朵大花旁边，挺立着一株含苞欲放的小花。小花站在坚硬的嫩绿花柄上，花梗被褐绿色的小花萼包裹，苗壮的小骨朵不声不响向上蹿长，下端缠绕在淡绿色和淡紫色之中，但上端新鲜的深紫色被温柔地紧紧包裹，露出了一点点头。

早晨，当安塞尔姆从房子里出来，从睡梦中醒来或从外面回来时，花园永远都在以崭新的面貌等待着他。昨天还被绿色外膜紧紧包裹的坚硬的蓝色花尖，今天已经生出幼嫩的薄花瓣，绽放出天空般的湛蓝，像舌头，又像嘴唇，试探着寻找自己梦想已久的造型和弧度。对于还在默默与外壳作斗争的下端，已经可以预想到那即将展开的嫩黄的花蕊，布满浅色脉络的小径和那遥远而香气逼人的心灵深处。也许是中午，也许是晚上，它就会完全绽放，金色梦想树林上支起蓝色真丝帐篷。它的第一个梦、第一个想法、第一首歌曲，从迷人的深处静静被呼出。

有一天，草地上开满了蓝钟花。有一天，花园中突然出现新的声音和香气，被太阳晒得微微发红的树叶上方柔软地垂下第一朵金红色月季。有一天，所有的鸢尾花都不见了。它们离开了，再也没有柔嫩的金色小径通向芬芳的秘密深处，只剩僵硬的叶片尖锐而冷漠地立着，但灌木丛里的红浆果熟了，花韭上新飞来的不知品种的蝴蝶自由地嬉闹，蝴蝶红棕色的背部点缀着珠光，扇动着透明的翅膀发出嗡嗡的声音。

安塞尔姆跟蝴蝶说话，与小卵石交谈，与甲壳虫和壁虎做朋友。鸟告诉他自己的故事，蕨类偷偷给他看大叶子下藏着的褐色种子，绿色的玻璃碎片和水晶帮他聚光，它们变成皇宫，变成花园，变成闪闪发光的宝库。百合花谢了，旱金莲开了；月季枯萎了，黑莓成熟了，万物交替，来了又走，消失了又回来。还有那些让人害怕的怪异日子，冷风呼啸着拍打冷杉，枯叶沙沙作响，整个花园了无生机，但即使是这些日子，也能带来一首歌、一段经历、一个故事，直到一切都再次落幕。雪花从窗前飘落，在玻璃窗上结出棕榈林图案。带着银铃的天使飞过夜空，走廊和地板再次散发出果干的香气。在这个美好的世界中，友谊和信任永不熄灭。当有一天，雪花莲突然重新在变黑的常春藤叶旁闪耀，第一批鸟高高飞过新的蓝天，仿佛一切都没变过。直到有一天，鸢尾花的花茎上突然冒出第一个淡蓝的花尖，出人意料，却又如期而至。

一切都很美，一切他都欢迎。他对它们亲切又熟悉。然而这个魔法、这份恩赐每年对他而言最美妙的瞬间还是第一朵鸢尾花开的时候。在最早的童年之梦里，他有一次在花萼中第一次读到了奇迹之书。在他看来，鸢尾的香气和那飘动的多瓣淡蓝就是创世的呼唤和密匙。鸢尾花就这样陪伴他度过了整个天真的童年，在每个新到来的夏天，它都焕然一新，变得更神秘、更动人。其他花也有嘴巴，也向外传送芬芳和思想，也吸引蜜蜂和甲壳虫到它们甜蜜的小房间里做客，但对安塞尔姆来说，蓝色的鸢尾比其他任何一种花都更可爱、更重要，他觉得它是所有值得思考的、美好的事情的喻体和范例。当他看向花萼之中，沉醉的思绪顺着明亮的梦幻般的小径延伸，从美丽的黄色花丝中间通过，蔓延至渐渐消失的花蕊，然后，他的灵魂望着那扇大门。大门内，表象变成谜团，眼见变成预感。有时，晚上他会梦到花萼，巨大的花萼在他面前打开，像是通往天宫的门，他骑马或乘天鹅飞进去，整个世界也被魔法牵引，跟着它一起静静飞进、奔向、滑入那美妙的深穴中，在那里，每个期望都会实现，一切预感都能成真。

世界上的每种表象都是一个喻体，而每个喻体都是一扇打开的门，心灵如果准备好了，可以通过大门进入世界内部，在那里，你与我、白天与黑夜都化为一体。每个人的生命中都会在这里或那里遇到通往那条路的打开的大门，每个人曾闪过这种念头，即所有可见之物都是一个喻体，这些喻体背后住着灵魂和永恒的生命。当然，只有很少的人走过了那扇门，牺牲美丽的表象来换取预感到的内部的真实。

安塞尔姆觉得那花萼就是一个无声开放的问题，能促使他的心灵预感到一个幸福的答案，但各种各样迷人的事物又把他吸引走。他与草、石头、树根、灌木、小动物，还有所有亲切友好之物一起聊天、玩耍。有时，他也会深深陷入对自己的观察中，沉迷于观察自己身体上的奇特之处，在吞咽时、唱歌时、呼吸时，闭上眼睛感受嘴巴里和脖子里奇怪的运动、感觉和现象，去感受那里也有小径和大门，灵魂可以彼此相遇。他惊讶地发现，当自己闭眼时，深紫色的背景上会出现一些意味深长的彩色图案，还有蓝色和深红色的斑点和半圆，中间有玻璃般透明的线条。有时，安塞尔姆会又惊又喜地体会到眼睛与耳朵、气味与触觉之间千丝万缕的微妙联系；在匆匆而过的瞬间感受到乐音、人声、字母跟红与蓝、硬与软类似或相同；或者在他闻草药或闻剥下的树皮时，惊异于气味和口味是如此接近，它们常常互通，能合二为一。

所有的孩子都有这种感觉，虽然并不是每个人都有一样的感受力，都那么敏感，很多人在刚学会读字母之前就已经失去了这种能力，就好像他们从来没有过一样。还有一些

人跟这种童年秘密一直走得很近，直到白发苍苍的暮年时，还可以从他们身上看到这种秘密的残余和影响。所有的孩子，只要还在秘密中，他们的心灵就会不停地忙着研究唯一重要的一件事，忙着探究自己，探究自己和周围世界的神秘关系。探寻者和智者随着自己越来越成熟，会越来越进入这种心灵的忙碌中，然而大多数人早就永远地忘记并离开了这个真正重要的内心世界，一辈子迷失在五花八门的担忧、愿望和目标之中，没有一样东西住在他们心底，没有一样东西能将他们重新带回内心深处，带回家。

安塞尔姆童年的夏天和秋天轻轻地来，悄悄地走。雪花莲、紫罗兰、桂竹香、百合、蔓长春、玫瑰，一遍又一遍开放又凋零，美丽又繁盛。他与它们共同经历、共同成长，花和鸟对他说话，大树和清泉听他倾诉。他用一种古老的方式，把自己第一次写出的字母、第一次遇到的友谊的苦恼带到花园里、带给母亲、带到花坛中五彩缤纷的石头那里。

但有一个春天，声音和味道与往年的春天都不一样，乌鸫唱着歌，但却不是原来的曲目了。蓝色的鸢尾花开了，但它花萼上金篱笆般的小径上没有了梦想和童话形象进进出出。草莓躲在绿色的阴凉里偷笑，闪闪发光的蝴蝶在高高的伞状花序上翩然飞舞，一切都跟以前不一样了。其他事也让安塞尔姆烦心，他与母亲多了许多争吵。他自己不知道这是怎么了，为什么总有一些事让他痛苦，为什么总有一些事烦扰他。他只看到世界变了，往昔的友情背叛了他，留下他一人。

一年一年就这样过去，安塞尔姆不再是小孩子了。花坛边的彩色石头变得无聊，花也不再说话，他用针把甲虫钉起来收进箱子里，心灵走上了漫长坎坷的弯路，往昔的欢乐都干涸、枯萎了。

年轻人踏入了他觉得仿佛才刚刚开始的生活中。神秘的世界被吹散、被遗忘，新的愿望和道路将他引走。童年仍像一缕馨香在他蓝色的目光和柔软的发丝间飘荡，然而，当别人提醒他这一点时，他却并不喜欢。于是，他剪短了头发，在目光中加入了自己所不能及的勇气和新知。他情绪不稳定地闯过接下来的焦虑岁月，一会儿是好学生、好朋友，一会儿又变得孤独害羞，在最初的几场青年狂欢上又表现得喧闹疯狂。他后来背井离乡，变了样子，长大了，穿着考究，很少回家，偶尔回来探望母亲也只是待很短一段时间。他总是带回来不同的朋友和书籍。当他走过旧日的花园，花园在他涣散的目光下小而沉默。他再也读不出石头和叶片彩色脉络中的故事，再也看不到蓝色鸢尾花花朵秘密中的上帝与永恒。

安塞尔姆成了小学生，后来又成了大学生；他回家时戴着一顶红色帽子，后来又戴着一顶黄色帽子；他的嘴唇上长出绒毛，后来又长成胡须。他回来时带着外语书，有一次还带回来一只狗；他胸前的皮包里一会儿装着秘密诗歌，一会儿装着古老的格言，一会儿又装着漂亮女孩儿的画像和信。他再回来时，已经去遥远的异国远行过，还在海上的大船上住了许久。他再回来时，已经是一位年轻的学者，戴着黑色的帽子和手套，老邻居向他脱帽致意，称呼他为教授，尽管他还没当上教授。他再回来时，穿了一身黑衣，身体瘦削，表情严肃，跟在一辆马车后面慢慢走、他的老母亲就躺在车上那个装饰精美的棺材里。后来，他就很少回乡了。

如今，安塞尔姆在大城市里给大学生教书，已经是一位知名的学者了。他在城里走路、散步、坐、站，跟世界上其他人别无二致。得体的上衣，精致的帽子，表情或严肃或友好，眼神热忱，有时又露出疲惫。他已经变成了他想成为的那种绅士和学者，然而，现在他又遇到了跟童年结束时相似的情况。他突然觉得许多年倏忽而过，他站在自己一直苦苦追寻的世界中央，却有一种奇怪的孤独和不满足。成为教授不是真正的快乐，受到市民和学生的尊敬也没什么意思，一切都像是凋谢了，像是蒙了灰，幸福又在遥不可及的未来了，而通往未来的这条路看起来炎热、艰难且布满灰尘。

这段时间，安塞尔姆常去一个朋友家，这个朋友的妹妹对他很有吸引力。他如今不再只是追求漂亮的脸蛋儿，而是连这一点也变了。他觉得他的幸福必须以一种特殊的方式到来，而不会在每扇窗户后面都能找到。他很喜欢朋友的妹妹，常常认为自己是真的爱她，但她是一个特别的女孩儿，她的每个步伐、每句话都有自己的特色。跟她走在一起，与她步调一致，不是一件那么容易的事。有时，安塞尔姆晚上会在自己冷清的公寓里走来走去，若有所思地细听自己的脚步声在空荡荡的房间里回荡，然后为了女友跟自己较一番劲。她比他理想的妻子年纪大了一点。她很坚持自我，跟她一起生活的同时又保持他学者的虚荣心是很难的，因为她一点儿都不想听他聊这些。她身体也不是特别强健，特别受不了社交聚会和节日庆典。她最喜欢的生活就是旁边有花、有音乐，或许还有一本书，在孤独的寂静中等待，或许会有人来，让世界沿着它自己的轨迹运转。她有时是那么多愁善感，一切陌生的东西都能让她难过，轻易就能把她惹哭。之后，她又在孤独的幸福中容光焕发，安静迷人，看到她的人会觉得，给这位美丽又独特的女人送东西，让她觉得有意义，得多难啊！安塞尔姆常常觉得她是爱他的，有时却又觉得她谁也不爱，只是对所有人都温柔友善，对世界无欲无求，只愿清净度日，但他想要另一种生活，如果他要娶妻，家里就必须热热闹闹，有声有响，充满生活气息。

"伊丽丝，"他对她说，"亲爱的伊丽丝，这个世界要不是这个样子就好了！如果有一个美丽又温柔的世界，里面充满了鲜花、思想和音乐，除此之外再无其他，那我就什么都不求，只愿一辈子待在你身边，听你的故事，与你的思想共处。光是你的名字就能让我开心。伊丽丝是一个很美的名字，我不知道它让我想起什么。"

"你知道的，"她说，"蓝色鸢尾花就是这个名字。"

"是的，"他回答，心里有一种不安的感觉，"这我知道，这就已经很美了，但我每次叫你名字时，好像还能想起一些什么东西。我不知道那是什么，它好像与我很深、很远、很重要的记忆相连，但我不知道，也找不出那究竟是什么。"

他不知所措地站在那儿，用手揉着额头。伊丽丝冲着他笑了。

"我闻花香时，"她用鸟儿般轻细的声音对安塞尔姆说，"也每次都是这样的。每次我心里都觉得，这股香气仿佛纪念着一些无比美丽而珍贵的东西，它们曾经是我的，却被我遗失了。音乐也是这样，有时诗歌也是——什么东西突然闪现，就一瞬间，就好像人们突然看见失去的家乡就在下面的山谷里，但这种感觉眨眼就又不见了。亲爱的安塞尔姆，我觉得我们就是为此而存在的，为了思考、寻找、聆听那丢失了的遥远的声音，在那声音后面才是我们真正的家乡。"

"你说得真好，"安塞尔姆恭维道。他感到自己胸中有一种近乎疼痛的感动，仿佛那儿有个秘密罗盘正定定地指向他遥远的目标。但那个目标与他给生活设定的方向相差甚远，这让他痛苦，他值得为了追求童话美梦而输掉他的人生吗？

然而有一天，安塞尔姆独自旅行回来，发现自己这个空荡荡的学者之家是如此冰冷压抑，于是他跑去朋友家，打算求娶伊丽丝。

"伊丽丝，"他对她说，"我不想再这样过下去了。你一直是我的好朋友，我必须把所有事都告诉你。我得娶一个妻子，不然我觉得我的生活十分空虚，毫无意义。除了你，我又愿意让谁当我的妻子呢，亲爱的鸢尾花？伊丽丝，你愿意吗？你会有很多很多花，想要多少就有多少，你会有一个最美的花园。你愿意与我共度余生吗？"

伊丽丝静静地看了他许久，没有笑，也没有脸红，用坚定的声音给了他答案："安塞尔姆，我对你的问题并不感到惊讶。我爱你，虽然我从没有想过要成为你的妻子，但我的朋友，你看，我对我要嫁的那个人要求很高，比大多数女人的要求都高。你愿意送我花，是一片好意，但没有花我也能活，没有音乐也一样，如果有必要，这些、那些，所有的一切我都可以舍弃，但有一样东西我放不掉：我没办法让音乐以外的事情成为我内心最主要的东西，我没办法那样活着，哪怕一天也不行。如果我要跟一个男人一起生活，这个人内心的乐音要与我心里的音调完美协调。他自己的乐音纯净，能与我的和谐共鸣，而且必须是他唯一的追求。你能做到吗，朋友？如果那样，你可能就不能再声名卓著，享受荣誉了，而且你的房子也会安安静静的，还有你额头上的皱纹，我从好几年前就认识它们了，也得统统消失。唉，安塞尔姆，这不行的。你看，你总是把额头上研究出新皱纹，总有新的事要担忧，你可能会喜欢我的想法还有我这个人，会觉得很美，但这些对于你和大多数人来说，只是精美的玩具罢了。听我说：现在你觉得是玩具的东西，于我而言却是生活本身，而且它也必须是你的生活，而你费心费力追求的东西，我却觉得是玩具，追求那些没有意义——我不会再改变了，安塞尔姆，因为我的生活要遵从我内心的准则，但你可以改变吗？你必须彻彻底底改变，我才能成为你的妻子。"

安塞尔姆沉默了，他为她的意志感到震惊，他原以为她意志薄弱、玩世不恭。他沉默不语，手不安地摆动，不小心捏扁了从桌上拿的一朵花。

伊丽丝温柔地把花从他手中拿过来——这像一种严厉的谴责直戳他内心——突然亲切明媚地微笑起来，就像她无意中找到了黑暗的出口。

"我有一个想法。"她红着脸轻声说，"你可能会觉得它很奇怪，听着像是一时兴起，但它可真不是。你想听听吗？你愿意让它来为我们两个做决定吗？"

安塞尔姆看着她，不懂她的意思，苍白的脸上显出担忧的神色。她的微笑让他不得不信任她，于是答应了她。

"我想交给你一个任务。"伊丽丝说，表情一下子又变得严肃起来。

"可以，你有权这么做。"安塞尔姆答道。

"我是认真的，"她说，"我已经决定了。你愿意接受我心里的要求，就算没立刻明白，也不跟我讨价还价吗？"

安塞尔姆答应了。她站起来，把手放到他手中，说道：

"你跟我说过很多次，你每次喊我名字时，都感觉想起了什么曾经对你很重要、很神圣，后来却被你忘记了的东西。这是一个标志，安塞尔姆，正是它这么多年来将你拉向我身边。我也相信，你心里遗失了、忘记了一些重要而神圣的东西，只有唤醒他们，你才能找到幸福，获得特定属于你的东西。好好活着，安塞尔姆！我和你握手，请求你：去吧，去看看能不能在你的记忆中重新找到我的名字让你想起的东西。当你找到的那一天，我会做你的妻子，你去哪儿我就去哪儿，以你的愿望为愿望。"

困惑的安塞尔姆听到这话十分吃惊，他想打断她，责备她这个要求就是一时兴起，但她清澈的目光提醒着他要遵守诺言，于是他只能沉默。他满眼沮丧，拉起她的手吻了吻，然后离开了。

他一生中给自己设定过也完成过许多任务，但从没有一个任务像这个一样，这么奇怪、这么重要却又令人沮丧。他日复一日地四处奔波，努力思索，常常陷入绝望和气恼中，骂这个荒唐的任务就是女人的一时兴起的，想把它抛到脑后，但他内心深处有些东西在强烈反对，那是一种细微隐秘的疼痛，一种极其温柔、几不可闻的提醒。那种细微的声音在他心中，告诉他伊丽丝是对的。

然而，这个任务对这位学者来说太难了。他要想起他早已忘掉的东西，他要从过去多年所织成的蜘蛛网中捋出一条金丝线，他要用双手抓住一些东西送给他的最爱，这东西是消失的鸟鸣，是听音乐时的一丝喜悦或伤感，它比思想更稀薄、更易逝、更无形，比夜晚的梦更微不足道，比晨雾更飘忽不定。

有时他心情沮丧，想忘掉这些，放弃挣扎，这时，他会突然间感觉到远方的花园里仿佛传来一阵馨香。他小声默念伊丽丝的名字，一次、两次、十次、更多次，不断地轻声念，就像在绷紧的琴弦上试音。"伊丽丝，"他念着，"伊丽丝。"伴着轻轻的疼痛，他感到内心有什么东西被触动了，就像一座被废弃的老房子的门莫名其妙地开了，百叶窗吱呀作响。他检查自己原以为整理得井井有条的记忆，却惊讶地发现他的记忆宝库比他以为的要小得多。他回顾往事时，发现有好几年的记忆都是空白的，干净得就像白纸。他发现他很难再清晰地回忆起母亲的模样，也完全想不起来他少年时代曾狂追了差不多一年的女孩儿的名字。他突然记起他大学时曾一时兴起买了一条狗。那条狗陪他住了很长一段时间，但他用了好几天时间才重新想起狗的名字。

悲伤与恐惧越来越重，可怜的男人痛苦地看到他以往的生活烟消云散，再不属于自己，而是无比陌生，与他毫无干系，就像曾经背得滚瓜烂熟的语句，如今用尽力气才只能拼凑出残章断片。他开始写作，想一年一年往前回忆，把最重要的经历都记下来，重新把它们握在手里，但什么才是他最重要的经历呢？是成为教授？是当上博士？是上小学，上大学？是在某段时间里，他曾喜欢上这位或那位姑娘？他惊愕地抬起头：这就是人生吗？这就是人生的全部？他拍打着前额狂笑起来。

然而，时光飞逝，它从未消逝得如此之快，如此不留情面！一年过去了，他觉得自己从上次离开伊丽丝到现在，一直还停留在原地，但一年来他其实完全变了。除了他自己，每个人都看到了、知道了他的变化。他既变老了，也变年轻了。熟人觉得他几乎像是换了一个人，变得精神涣散、喜怒无常、怪里怪气的。他得了一个怪人的称号。大家觉得他怪可惜的，说他是打光棍打得太久了。有时他会忘了自己教书的责任，让学生空等一场。有时他会若有所思地悄悄穿过街道，走到房子后面，凌乱的衣服拖在地上，扫过墙沿上的灰。有人猜他开始酗酒了。还有些时候，他对着学生做报告，讲着讲着就停住了，尝试思考一些什么，露出天真动人的微笑。还从没有人见过他这样，然后，他接着用温暖动情的声音继续演讲，打动了很多人的心。

在这场对香气和多年前消失的痕迹的无望追逐中，他已经有了一种新的感受，只是自己没有察觉而已。他越来越觉得在他一直所认为的回忆后面，还藏着另外一些回忆，就像在旧的画壁上或古画后面有时还会藏着更古老的被覆盖的图案。他想回忆起一些东西，可能是他旅行途中曾待过几日的城市名，可能是某个朋友的生日或是一些别的什么。当他像翻找废墟一样努力寻找一小块过去的记忆时，会突然想起一些完全无关的事情。他会感到一丝气息，像四月的晨风或是九月的雾气。他会闻到一阵馨香，尝到一种味道，他的皮肤、眼睛、心脏会感受到暗暗的温柔。他渐渐明白：曾经一定有一天，那一天可能是晴朗温暖的，它可能是阴沉凉爽的或是别的什么样子。那一天的本质落入他心里，成了他心里隐藏的记忆。他在真实的过去中寻不到他嗅到了的、感受到了的春日或冬日，它没有名字，也没有编号，可能是在大学时代，可能是他还在摇篮里的时候，但香气就在那里。他感到自己体内有一种鲜活的东西，不知道那是什么，既无法给它命名，也不能确定。他有时甚至觉得，那些记忆可以追溯到前世，虽然他想到这些时连自己都笑了。

安塞尔姆在这场穿越记忆深穴的迷茫的漫游中找到了许多东西。他找到了许多让自己感动的东西，也找到了许多令他惊恐、使他害怕的东西，但他始终没有找到"伊丽丝"这个名字对他来说到底意味着什么。

他在遍寻不到的痛苦中曾返回老家，重新去看了看那些树林和小巷、小径和篱笆。他站在童年的旧花园中，心潮澎湃。过去像梦一样将他紧紧缠绕。他满怀悲伤，默默离乡回城。他请了病假，闭门谢客。

但有一个人还是来找他了，是他的朋友。自从他向伊丽丝求婚后，他们就再也没见过面了。朋友来后，看到安塞尔姆蓬头垢面地坐在冷冷清清的小房间里。

"起来，"朋友对他说，"跟我走，伊丽丝想见你。"安塞尔姆一下子跳起来。

"伊丽丝！她还好吗？——好，我知道，我知道！"

"嗯，"朋友说，"快走！她要死了，她病了很久了。"

他们赶到伊丽丝身边。她躺在床上，瘦弱得像一个孩子，睁大眼睛冲他们微笑。她向安塞尔姆伸出她孩子般轻柔白皙的手。那双手捧在他手里，仿若一朵鲜花。她脸上露出幸福的表情。

"安塞尔姆，"她说，"你生我的气了吗？我交给了你一项艰难的任务，我看到你一直在努力完成。继续寻找吧，沿着这条路走下去，直到达到目标。你以为你是为了我才走上的这条路，但其实是为了你自己，你知道吗？"

"我感觉到了，"安塞尔姆说，"现在我明白了。这条路很长，伊丽丝，我早就想掉头返回了，但我找不到回去的路。我不知道我会变成什么样子。"

她看着他悲伤的眼睛，露出安慰的浅笑。他弯下身子，趴在她瘦削的小手上哭了很久。她的手上沾满了他的泪水。

"你会变成什么样子，"她的声音遥远得仿佛是记忆中的声音，"你不用问你会变成什么样子。你追寻荣誉，追寻幸福和知识，追求我，你的小鸢尾花，但这一切都只是漂亮的图景，它们都会离开你，就像我现在必须要离开你一样，对我来说也是这样。我总是在追寻，但追寻的总是美丽可爱的图景，它们都会陨落、会凋零。我现在已经不记得任何图景了，不再切切追寻了，我回家了，只要再走一小步，我就到家了。你也会回家的，安塞尔姆，那时你的额头上就不会再有皱纹了。"

她脸色是那么苍白，安塞尔姆绝望地喊："哦，等等，伊丽丝，先别走！给我留下一个念想，让我知道你没有完全离开我！"

她点点头，从旁边的玻璃瓶中拿出来一朵新鲜盛开的蓝色鸢尾花，递给他。

"给，拿着我的花，伊丽丝花，不要忘了我。找我，找伊丽丝花，然后你就能来到我身边了。"

安塞尔姆哭着接过花，哭着与她告了别。后来，朋友给他递去消息，他又回来帮朋友用鲜花装点了伊丽丝的灵柩，将她安葬入土。

后来，他过去的生活彻底崩溃了，这条丝线他编不下去了。他放弃了一切，离开城市，卸任教职，在世界上消失了。有时，人们会在这里或那里见到他。他曾在家乡出现过，倚在旧花园的篱笆上，但当人们问候他、想关心他的时候，却又离开了，不知所踪。

他还是很喜欢鸢尾花。每当见到鸢尾花时，他常常俯下身子观察，久久注视着花萼深处，那淡蓝色的深穴中仿佛传来一阵馨香和预感，将一切过往和将来吹向他，直到他伤心地走开，因为他要的始终没有到来。这种感觉就好像他在半开的门旁静静聆听，听到了它后面藏着的最可爱的秘密在呼吸。就在他刚以为一切都要现身了，他所盼望的东西要来了的时候，门却关上了，冷风掠过了他的寂寞。

在梦里，母亲跟他说话，她的模样这么多年来在他脑海里从未如此亲近又清晰。伊丽丝也跟他说话，当他醒来时仿佛耳边还回荡着她的声音，然后，他会花一整天时间来思索。他居无定所，足迹遍布全国。他有时睡在房子里，有时睡在树林中；有时吃面包，有时吃浆果；有时喝酒，有时就喝灌木丛叶片上的露水。这些他从不在意。有人觉得他是一个傻子，有人觉得他是一个魔法师；许多人怕他，许多人嘲笑他，也有许多人喜欢他。他学会了一些自己以前做不到的事：与孩子待在一起，参与他们奇奇怪怪的游戏；跟断枝和小石子说话。冬去夏至，时光在他身旁飞逝。他看着花萼、溪流与湖泊。

"图景，"他偶尔喃喃自语，"一切只是图景。"

但他内心深处感受到一种本质，那不是图景，他跟随着本质。本质有时能说话，它的声音是伊丽丝的声音，也是母亲的声音。它是慰藉与希望。

奇迹发生了，他对此并不惊奇。有一次，他在冰天雪地里行走，胡子上结了冰。一株细长的鸢尾挺立在大雪中，绽放而出美丽又寂寞的花朵。他俯下身子看它，脸上泛起微笑，因为这一刻他一下子明白鸢尾花一直让他想起什么了。他重新认出了他的童年之梦，看到金色花丝中间，布满浅纹的淡蓝色小径通向花朵的秘密与心脏。他知道，那里就是他所寻觅的东西，那里不再是图景，而是本质。

他再次被提醒，梦指引着他。他来到一个小屋，里面有几个孩子。孩子们给他牛奶，他与他们一起玩耍。孩子们给他讲故事，告诉他森林里的一个烧炭工身上发生了奇迹。人们看到幽灵之门打开了——它可是每千年才会开一次。他听着，对这可爱的图景点点头，然后离开了。一只鸟儿在他前面的桤木林中唱歌，声音甜美，就像死去的伊丽丝的声音。他跟着它走。鸟儿又飞又跳一直往前，越过小溪，进入森林。

一会儿的工夫，鸟儿不见了踪影，声音也消失了。安塞尔姆停住脚步环顾四周。他正站在森林的深谷中，宽阔的绿叶下有水源静静流淌。除此之外，一切都很安静，但他胸中鸟儿那甜美的声音并未止息，推着他一直往前，直到他走到一面长满苔藓的峭壁前。峭壁中间有道又细又窄的裂缝，通往大山深处。

裂缝前坐着一个老头。他看到安塞尔姆过来，站起身来喊道："回去！这是幽灵之

门。进去的人还没有一个能出来的。"

安塞尔姆抬头望着石门，他看到门里大山深处有一条渐渐消失的蓝色小径，小径两侧立着金色圆柱，小径往里逐渐下坡，他恍惚觉得就像在通往一朵大花的花萼。

安塞尔姆胸中鸟儿的歌声依然清亮，他从守门人身边经过，从缝隙走了进去，穿过金色圆柱，一直走向内部的蓝色秘密。那是伊丽丝，他走到了她心里；那是母亲花园里种的鸢尾花，他滑入了它蓝色的花萼里。当他朝朦胧的金色走去，所有回忆和知识都一下子回来了，他感觉自己的手又小又软，爱的声音近在耳畔。声音是那样熟悉，金色圆柱是那样闪耀，就像他童年春天所听到、所看到的那样。

他童年时做的梦又回来了。他进入花萼里，身后的整个世界跟着他一起移动。他沉入了所有图景背后的秘密中。

安塞尔姆轻轻唱起了歌，他的小径渐渐向下，沉入故乡。

（1916年）

连环梦

　　我觉得，自己已经在蓝色的沙龙厅里慵懒地消磨了很长一段时间了。透过大厅北窗，我可以看到一个人工湖，旁边还修了人造峡湾，但没什么能吸引我，除了在场的那个美丽而又可疑的女人。我认为她是一个罪人。我一直看不清她的脸。她的脸模模糊糊隐在披散开的黑发间，妩媚又苍白。也许她的眼睛是深棕色的，我觉得我有理由这么期待，但那样她的眼睛跟脸就不搭配了。我的目光想从那飘忽不定的苍白中认出那张脸，我知道那模样就埋在我深深的记忆中，无法触及。

　　终于发生了一点儿什么，两个年轻男子走了进来。他们彬彬有礼地向那女人问候，并被人介绍给了我。纨绔子弟，我想，心里生着闷气，因为其中有一个人穿着一件华丽而合身的红棕色衣服，这让我感到羞愧又嫉妒。对完美、自在、微笑的人的可怕的嫉妒感！

　　"克制住你自己！"我小声对自己说。两个年轻人冷漠地握住我伸过去的手——我为什么要伸手？！——露出一副嘲讽的表情。

我才觉察到自己有什么地方不对劲儿，感到一阵讨厌的寒意。我低头一看，发现自己没穿鞋，脚上只有一双长筒袜，我的脸变得煞白。总是出现这种无聊、可悲、寒酸的阻碍和难堪！其他人永远都不会裸着或半裸着出现在沙龙厅里，站在这么多无可挑剔又不留情面的人前！我很难过，试图用左脚遮住右脚，我的目光落到窗外，看到陡峭的蓝色湖岸疯狂发出阴沉虚假的威慑低吼，它们想成为恶魔。我悲伤无助地看着周围的陌生人，恨他们，更恨我自己——一无是处，什么都做不成。我为什么会觉得我对那蠢湖负有责任呢？是的，当我感受到它时，我的内心也像它一样。我恳切地望向那穿红棕色衣服的人，他健康细腻的面颊泛出光泽，但我清楚地知道，向他示弱并不会打动他。

正在这时，他看到了我脚上粗糙的墨绿色长筒袜——唉，我必须庆幸袜子上起码没有破洞——不怀好意地笑了。他推了推他的同伴，指了指我的脚。他的同伴也发出讥讽的嘲笑。

"你们看看这湖！"我指着窗外喊。

穿红棕衣服的男子耸了耸肩，都没想朝窗户这边转转身，他正跟其他人说着什么，我只听懂了一半，但我知道他们在聊我，这种场合根本就不应该出现这种只穿长筒袜的家伙。我又有了孩提时代的那种感觉，觉得沙龙厅里充斥着一种高雅又世俗的声音，有些动听，也有些虚假。

我忍着泪水低头注视自己的脚，看有什么补救方法。这时，我记起自己是穿什么鞋过来的了，我身后的地板上有一只深红色的超软超大的拖鞋。我犹犹豫豫握住拖鞋后跟，把它捡起来，还是很想哭。它从我手中滑落，我赶忙抓住它，握住了它前面的鞋头——这时它变得更大了。我松了口气，手里的拖鞋略带弹性，沉重的鞋跟往下坠，我突然感到这只拖鞋的深刻价值。太棒了，这只深红色的拖鞋，那么柔软、那么沉重！我试着在空中挥动它，真好玩！喜悦传遍我的全身直至发梢。大棒或是橡胶管都比不上我的大拖鞋。我给它起了一个意大利语名字——卡尔奇里奥内。

我拿着卡尔奇里奥内冲穿红棕色上衣的男子头上随便一抡，这个完美的年轻人一下子就跌倒在了长沙发上。其他人、这个房间，还有那口可怕的湖施加在我身上的力量都消失了。我变高变强了，我自由了。第二次打他的头时，我的动作里已经没有了抗争和防卫，而只剩单纯的欢呼和被解放的主宰感。我一点儿都不恨这个被打败的敌人了，我觉得他很有趣，珍贵又可爱，我是他的主人，他的创造者。因为我用卡尔奇里奥内击打的每一下都是在塑造年轻人那颗不成熟的虚荣的脑袋，捶打它、建设它、创作它，每打一下，它就会变得更可爱、更聪明。它成了我的作品，让我满意和喜爱。经过最后一下温柔的锻打，他尖尖的后脑勺终于变得够平了。完美！他感激地拉着我的手。"行了。"我示意他。他双手交叉放在胸前，怯生生地说："我叫保罗。"

美妙的力量的快感在我胸中蔓延，把房间从我身边扯走，房间——沙龙厅不见了！——羞愧地消失了，它躲起来了。我站在湖边。湖水是深蓝色的。阴森森的山上压着阴沉的乌云，峡湾里黑色的湖水汹涌澎湃，泛出泡沫，热风恐惧地胡乱打转。我抬头向上望，伸手发出指令，示意风暴可以开始了。无情的蓝色天空中劈出一道明亮而冰冷的闪电，炎热的飓风呼啸着直奔下来。天上各种混乱的灰色形状四散开，迸裂出大理石的纹路。圆形巨浪惊恐地从被拍打的湖水中蹿起，风暴从巨浪背后撕扯下泡沫和噼噼啪啪的水珠，扔到我脸上。吓呆的黑山惊恐地瞪大了眼睛。它们蜷缩在一起，沉默不语，像是在乞求。

风暴骑着幽灵巨马急驰狂奔。在这壮观的景色中，我旁边传来一个怯生生的声音。噢，我没有忘记你，一头黑色长发、脸色苍白的女人。我靠近她，她天真地说——浪来了，不能待在这儿。我还在感动地看着这个温柔的罪人，她的脸只是大片发影中安静的苍

白，劈啪的浪花已经打到我的膝盖上，没过我的胸膛。女人安静无力地漂浮在升高的波浪之上。我轻轻一笑，伸手勾住她的膝盖，将她抱起来。这也很好，让人解脱。这个女人出奇得轻盈瘦小，却又充满新鲜的温暖，眼神真挚、充满信任又惊恐不已，而且我发现，她根本不是什么罪人，也不是远处模糊的女人。她没有罪，没有秘密，她就是一个孩子。

我把她带出浪潮，越过山崖，穿过阴雨绵绵、庄重默哀的公园，风暴到不了那里。低垂的古树树冠单纯诉说着温柔的人性之美，这里只有单纯的诗歌和交响曲，迷人的预感世界和经过训练的享受世界，柯洛所画的可爱树木，舒伯特悦耳的乡村木管乐——它激起一缕乡愁，将我温柔地吸引到它迷人的庙宇中，但只是徒劳，这个世界上有太多的声音了，心灵要为一切分配好时间。

天知道这个罪人，这个苍白的女人，这个孩子，是如何抛下我离开的。那里有一组石阶、一个房屋大门，有仆人，一切都虚无混浊，就像隔着一层模模糊糊的玻璃，其他更缥缈、更模糊的形状像风一样被吹散。一种对我的责备之声让我对这片暗影失去了兴趣。一切都消散了，只剩下那个保罗，我的朋友、我的儿子保罗。他的面容上隐隐浮现出一张我叫不上名字却无比熟悉的脸，一张同学的脸，一张传说中照顾孩童的女佣的脸，来自出生前几年美好而丰富的半记忆中。

温暖的心灵摇篮和失落的故乡记忆纷纷开启，一切存在于还未成形的时代，起源地上首次迟疑的沸腾，起源地之下，长眠着原始森林。试探吧，灵魂，搜寻吧，在无辜天性的浓稠池水中盲目地翻找吧！我了解你，胆怯的灵魂。对你来说，回归初心就像吃饭喝水睡觉，没什么比这更有必要。浪潮在你周围汹涌，你便是浪潮；森林在你旁边沙沙作响，你便是森林。再没有内外之分，你是空中飞翔的小鸟；是海里游泳的鱼；你汲取光芒，你便是光芒；你品味黑暗，你便是黑暗。我们远行，我们游泳、飞翔、微笑，我们用温柔的精神手指接上断线。那遭到破坏的振荡听起来幸福无边。我们不再寻找上帝，我们就是上帝。我们是世界。我们杀戮、死亡，我们在梦里重生，我们用自己的梦创造一切。我们最美的梦，是湛蓝的天空；我们最美的梦，是大海；我们最美的梦，是星光灿烂的夜空，是鱼，是清脆喜悦的声响，是明亮欢快的光芒——一切都是我们的梦，都是我们最美的梦。我们刚刚死亡，化为尘土。我们刚刚创造出大笑。我们刚刚排好星图。

声音传来，每一种都是母亲的声音。大树沙沙作响，每一声都在我们的摇篮上沙沙作响。街道呈星形分布，每条街都通往回家的路。

那个自称保罗的人，我的创造和我的朋友，又出现了，变得跟我年龄一样大。他很像我一个青年时代的朋友，但我想不起来是谁，因此我心里对他有点没底，多了几分礼貌。他从中获得了力量。世界不再听我摆布，开始听他指挥了，因此，之前的一切都消失了，顺从地没入了虚幻中，在如今的主宰者面前倍感羞愧。

我们在一个广场上，那地方叫巴黎，我面前立着一个直插天空的铁架子，是架梯子，两侧有窄窄的铁横杆，能让人用手抓、用脚踩。因为保罗想上去，我便也往上爬，他爬上了旁边一架同样的梯子。当我们爬到一栋楼、一棵高树那么高时，我开始有点害怕了。我望向保罗，他一点儿都不害怕，但他猜到我害怕了，冲我笑了笑。

当他向我微笑，我看着他，一口气的工夫，我几乎就快认出他的脸，想起他的名字了。往昔撕开了一个裂口，直裂开到学生时代——我十二岁时。那是生命中最美好的一段时光，一切都有芬芳之气，一切都很完美，一切都散发着新鲜面包的香味，泛着冒险和英雄气概的迷人微光——耶稣在圣殿让教师们惭愧的时候就是十二岁。十二岁的我们让所有学者和老师惭愧，因为我们比他们更聪明、更有天赋、更勇敢。声音和图像如混乱的毛线团一般冲入我的脑海：忘带的作业本、午间的留堂、被弹弓打死的鸟儿、被偷来的李子弄得黏糊糊的上衣口袋、泳池里男孩子们拍打的水花、被扯坏的周日礼裤和深深的内疚感、为俗世烦扰而做的赤诚的晚祷、听到席勒的诗句时胸中涌起的英雄般的壮阔感受……

刹那间，一连串图像从我脑海中闪过。下一秒，保罗又看着我，就快认出来了，这种感觉很折磨人。我不太确定自己现在是多大，有可能我们还是孩子。在细窄的梯子横杆之下很深很深的地方，有一些街市，那里叫巴黎。当我们爬到比所有塔都高了，我们的铁梯也到头了。每架铁梯上端都连着一块平板，形成了一个小小的平台，看起来根本不可能爬上去，但保罗从容地爬上去了，我也只好跟着。

　　我平躺在平板上，从板子边缘往下看，就像从高空中一朵小云彩上往下看似的。我目光像石头一样呆滞，望向下面的一片虚空，没找到目标。这时保罗给我打了个示意的手势，于是我被空中一幅飘浮着的古怪场面吸引住了。我看到空中浮着一条宽宽的街道，跟最高的房顶差不多高，但远低于我们，街上有一群奇怪的人，看起来像是走钢丝的演员，其中有一个人真的走上了钢丝，又或许是一根长杆，然后，我发现那里有好多人，几乎全是年轻姑娘，像是流浪者或者迁徙民族。她们行走、休息、坐下，在一个差不多屋顶那么高、由极薄的木条搭成的脚手架上以及一个像凉亭一样的建筑里到处移动。她们住在上面，这片区域就是她们的家。估计她们下面就是街道了，浓浓的雾气从下面漂浮上来，直到她们脚下。

保罗就此说了一些什么。

"是啊，"我回答，"这些女孩子很动人。"

我比她们高得多，但我害怕极了，死死黏在我的位置上，而她们却轻松地飘着，一点儿都不害怕。叫我看，我是爬得太高了，爬错了地方。她们的高度才合适，不在地上，也不像我这里这么高、这么远；不在人群里，却也不太孤独，而且她们人还很多呢。我觉得她们展示了一种极乐幸福，而我还没能达到这个境界。

然而我知道，我还得再顺着大梯子爬下去，想想就害怕。我心里泛起一阵恶心，这么高的地方我一刻也待不下去了。我绝望地用脚试探着去够横杆，眼晕得浑身发抖——我从板子上看不见下面——我在可怕的高空悬了几分钟，全身紧绷。没人帮我，保罗已经走了。

怀着深深的恐惧，我危险地手抓脚踩往下挪，有一种感觉像雾气一样包裹住我。我感觉我要遭受和忍受的不是高梯和眩晕。紧接着，一切都看不见了，事物全失去了形状，一切都成了雾，飘忽不定。一会儿我还挂在梯子上忍受眩晕，一会儿我又胆战心惊在狭窄的井道和地下室通道里挪动爬行，一会儿我又绝望地在泥沼里跋涉，感到肮脏的污泥进了嘴巴。到处都是黑暗和阻塞。可怕的使命带着严肃却隐晦的意义。恐惧与汗水，麻痹与寒冷，沉重地死，沉重地生。

我们被多少黑夜包围啊！我们走过了多少可怕的难路，我们被淹没的心灵在深井中走了多少苦路，永恒而不幸的英雄，永远的奥德赛！但我们走啊走，我们弯腰，我们涉水，我们在泥浆里游泳，几近窒息。我们爬上光滑危险的墙壁。我们哭泣，我们沮丧，我们害怕地悲叹，我们痛苦地号叫，但我们继续走。我们走着，受着苦，我们走着，咬紧牙关。

混浊的地狱烟雾中重新出现了画面，记忆的塑造之光再次照亮了一片黑暗小路，心灵之光从史前渗进时间的故土。

这是哪里？熟悉的东西盯着我，我认出了我呼吸的空气。一个半明半暗的大房间，桌上放着一盏油灯——我自己的灯，一个大圆桌，一个类似于钢琴的物件。我姐姐和姐夫都在，可能是来看我的，也可能是我在他们家。他们沉默不语，忧心忡忡，为我发愁。我站在宽敞又昏暗的房间里，走来走去，在悲伤的云雾中走走停停，在痛苦的、令人窒息的悲伤的洪流中走走停停。我现在开始找东西了，不重要的东西，一本书或一把剪刀或是类似的什么，但我找不到。我把灯拿在手里。它很沉，我累坏了。接着，我又放下它，但又再次拿起来。我想找找，虽然我知道这只是一场徒劳。我什么都不会找到，只会把一切搞得越来越乱。灯会从我手里掉落，它太沉了，无比沉重，而我会继续探索，继续找，在房间里瞎转，穷尽我悲惨的一生。

我姐夫看着我，目光中带着一点儿害怕，还带着一点儿责备。他们发觉我快疯了。我迅速一想，重新拿起了灯。我姐姐走过来，一言不发，带着恳求的目光，眼神里充满恐惧和爱，我的心都要碎了。我什么都说不出来，只能摆摆手，拒绝地摆摆手，心里想：别管我！别管我！你们根本不懂我的感受，根本不知道我有多痛苦，痛苦极了！然后又想：别管我！别管我！

微红的灯光在宽阔的房间里微弱地流动，屋外的树木在风中痛苦地呻吟。有一瞬间我觉得能从内心看到、感受到外面的黑夜：风与湿气，秋天，树叶苦涩的气味，榆树的树叶飞舞，秋天，秋天！又有一瞬间，我不再是我自己了，我感觉自己像是一幅画：我是一个苍白、瘦削的音乐家，眼睛闪烁，我叫雨果·沃尔夫。这个晚上我将要疯掉。

这期间，我不得不再次寻找，拿着沉重的灯无望地寻找，圆桌上、沙发椅上、书堆上。当我姐姐再次悲伤而忧虑地看着我，想安慰我，想靠近我、帮助我时，我只能用央求的手势拒绝她。我心里的悲伤在生长，饱满得让我崩溃，我周围的画面清晰得感人，比其他任何现实都清晰得多。玻璃瓶里有一些秋日之花，下面还有一朵深红棕色的大丽花，在令人心痛的美丽的孤独中绽放。所有物品，包括那盏灯闪光的黄铜底座，都有迷人的美，都渗透着注定的寂寞，就像伟大画家笔下的画一样。

我能清楚地感知到自己的命运。如果悲伤再添一抹阴影，如果姐姐再看我一眼，我再望一眼花，美丽深情的花——就会满溢出来，我便会陷入疯狂："别管我！你们不懂！"钢琴亮面上，黑色的木头反射着灯光。如此美丽，如此神秘，如此愁肠百结！

此时，我姐姐又起身，往钢琴这边走过来。我想乞求，想诚心拒绝，但我做不到，我的寂寞没有了力量，无法与她对抗。噢，我知道会发生什么。我熟悉现在这带着歌词的旋律，它会说出一切、破坏一切。巨大的紧张感让我心弦紧绷，当几滴滚烫的眼泪冲出我的眼眶时，我趴到桌子上埋头痛哭，用我所有的感官和新感官去聆听、去感受沃尔夫的旋律，那诗句是这样的：

> 乌黑的树梢，你们知道什么，
> 关于那个遥远而美丽的时代？
> 山峰后的家乡，
> 它是那么远，那么远！

我眼前和我心里的世界崩塌了，没入了泪水与乐音中，无法言说，像被倾倒，像在涌流，多么美好，又多么令人痛苦！哦，哭泣，哦，美妙的崩塌，幸福的痛楚！世界上所有写满思想和诗歌的书，都比不上一分钟感情汹涌澎湃、心灵从深处感受并找到自己的啜泣。泪水是融化的心灵之冰，哭泣者与天使近在咫尺。

我哭了，忘记一切缘由，从难以忍受的紧张感陷入令人疲惫的模糊日常感受，没有思想，无人目睹。这时，有画面闪过：一口棺材，里面躺着一个我深爱的、对我无比重要

的人，但我不知道那是谁。或许是我自己，我想。接着，我又想起另外一幅画面，来自遥远而温柔的远方。许多年前，或者上辈子，难道我没有见过一幅奇妙的画面吗：一群年轻姑娘栖身在空中，如同云朵，没有重量，美丽而幸福，像空气般轻飘，像弦乐般饱满？

这期间，时光飞逝，岁月温柔而有力地将我从画面中推开。哎呀，或许我整个人生的意义仅限于此。看到那些飘浮的可爱姑娘，走向她们，成为像她们一样的人！现在，她们远远地沉下去了，够不到，理解不了，无法救赎。她们因迫切的渴望而疲惫地颤抖。

岁月像雪花片一样飘落，世界变了样。我悲伤地走向一个小屋。我实在苦闷，嘴巴里的一丝恐惧感将我吸引。我小心地用舌头试探着舔了舔一颗怪怪的牙齿，牙齿已经歪下去，掉了。旁边那颗……也是这样！有一位很年轻的医生在那里。我向他诉苦，带着恳求，伸手把牙齿递给他。他无所谓地笑了笑，打了一个讨厌的职业化的拒绝手势，摇了摇年轻的头——这没关系的，没什么大不了的，这种情况天天都有。苍天啊！我想。他继续说，指了指我的左膝，问题在这里，这可不是开玩笑的。我飞快地摸了摸我的膝盖——问题在这里！这里有个洞，手指能伸进去，摸不到皮肉，只有麻木、柔软、松散的一团，轻轻的，有纤维质感，就像是干枯的植物组织。我的天那，这就是衰败，这就是死亡和腐朽！"没办法治了吗？"我态度尽量友好。"没办法了。"年轻医生说完便走了。

我筋疲力尽地走向小房子，没有原该有的那种绝望，甚至几乎有点漠然。我现在必须进房子，母亲在等我——我不是听到了她的声音？看到了她的脸吗？台阶通往上面，台阶又高又滑，没有扶手，每一级都像一座大山、一座冰川。肯定已经来不及了——她可能已经走了，或许已经死了？我刚刚不是又听到了她在呼喊吗？我默默与陡峭的台阶大山搏斗，跌落，压伤，狂怒，啜泣，我逼着自己使劲儿爬，撑着断臂和膝盖，上来了，到门口了，台阶这时又变得小巧好看，旁边环着黄杨树。每一步都缓慢而艰难，脚像踩在泥里、胶里，前行不得。门敞着，我的母亲在屋里走动，她穿着灰裙子，胳膊上挎了一个篮

子，沉默不语，在思考着什么。噢，她那拢在小小的发网里有一些泛白的黑发！她的步态，她那矮小的身材，还有那件裙子，那件灰色裙子——难道这么多年来我完全忘记了她的形象，从来没好好怀念过她吗？她就在那里，她在那里站立、走路，只能看到背影，跟原来一模一样，特别清楚，特别美，特别纯粹！

我迈着无力的脚步愤怒地在浓稠的空气中跋涉，植物的须茎像结实的细绳索把我越缠越紧，到处都是与我作对的阻碍，前行不得！"母亲！"我大喊——但发不出声音……没有声音。她与我之间隔了一层玻璃。

母亲继续慢慢走着，没有往后看，默默沉浸在美好关怀的思考之中。她用那双我熟悉的手拂了拂裙子上的一根线头，弯腰在小篮子里找针线。噢，那个小篮子！她在里面给我藏过复活节彩蛋！我绝望地拼命无声呐喊。我使劲儿往前挣扎，但却在原地一动不动！温情与愤怒同时撕扯着我。

母亲继续慢慢穿过花园房，走出对面敞着的大门，走到了外面。她歪着头，温柔地细听，沉思着，把小篮子举起来又放下去——我想起自己小时候曾在她的小篮子里找到一张字条，上面是她亲手写下的当天准备做和准备思考的事——"赫尔曼的裤子破了；收好洗完的衣服；借狄更斯的书；赫尔曼昨天没有做祷告。"记忆的浪潮，爱的负担！

我被紧紧束缚在门口，那个穿着灰裙子的女人慢慢离开，走到花园里，不见了。

（1916年）

欧洲人

　　世界大战异常惨烈，上帝终于认清现实，大发洪水，亲手结束了这人间生活。洪水满怀同情，将毁坏这个古老星球的一切都一一冲刷：遍布血迹的雪原、被炮轰过的高山、腐烂的尸体与旁边恸哭的人群、愤怒嗜杀之人与贫困可怜之人、忍饥挨饿的人与精神失常的人。

　　蔚蓝的天空慈爱地俯视着光秃秃的地球。

　　顺便提一句，直到最后，欧洲技术仍表现颇佳。欧洲谨慎而顽强地对抗缓慢上升的水位，持续了好几周。一开始，他们让数百万战俘夜以继日地修建巨型大坝，后来又建造高地。高地被神速抬高，一开始看起来像一些巨大的平台，后来越来越像高塔。直到最后几天，他们仍通过这些高塔证明了自己忠诚得感人的英雄气概。当欧洲和整个世界都被淹没时，最后耸立的铁塔穿过正在下沉的大地的潮湿与昏暗，依然坚持闪烁着耀眼的灯光，大炮射出的炮弹还依然画着优美的弧线来回穿梭。末日前两天，中欧列强的首脑用灯光向敌人发出了和平信号，敌方要求立即清除所有现有的防卫塔楼。这样的要求连最坚定的和平爱好者都不能同意，于是所有人英勇射击到了最后一刻。

整个世界都被淹没了。欧洲唯一的幸存者坐在救生圈上随洪水漂荡。他用自己最后一点儿力气记录下最后这几天发生的一切，好让以后的人们知道，他们的祖国比最后一个敌人还多坚持了几个小时，是永远的胜利者。

灰色的地平线上慢慢浮现出一个黑色的庞然大物，一点点靠近这个筋疲力尽的人。他欣喜地认出那是巨大的挪亚方舟，在他失去意识之前，他看见年迈高大的挪亚正站在甲板上，银色的胡子在风中飞扬。一个魁梧的黑人把欧洲人从水中捞起来。他还活着，不久就苏醒了。上帝慈祥地微笑着。他的杰作完成了，世间各类生物都有一份样本被救了下来。

挪亚方舟缓缓随风飘荡，等待洪水消退，而在方舟上，一段精彩的生活正随之展开。一大群鱼追在挪亚方舟后面游，鸟儿和昆虫组成缤纷美丽的队形，成群地在露天甲板上玩耍，每种动物、每个人都为自己能幸存下来开启一段新生活而由衷地高兴。花孔雀在水面上发出嘹亮刺耳的晨鸣；大象用鼻子喷水，给自己和伴侣高高兴兴洗了一个澡；壁虎坐在向阳的梁木上闪闪发光。印第安人手持长矛，用敏捷的动作在无尽的洪水里叉起发光的大鱼；黑人在炉灶旁钻木取火，十分欢愉，有节奏地拍打他那胖老婆的大腿；瘦削的印度人双手叠放站立，嘴里嘟囔着创世歌里古老的诗句；爱斯基摩人躺在阳光下浑身是汗，还冒着热气，小眼睛里满是笑意，身上水和油混在一起，一只好心的貘还凑到跟前闻来闻去；日本人削了一根细棍，一会儿把它放在鼻子上，一会儿放在下巴上，小心翼翼地找平衡；欧洲人拿着笔，要给一切现存生物列一个清单。

群体形成，友爱汇聚，要是哪里想爆发争吵，挪亚一个眼色就能制止。所有生物都

乐于交际，快乐无比，只有欧洲人孤独地忙着用笔列着清单。

各种各样的人和动物要组织一场新比赛，每种生物都要在比赛中展现出自己的能力和本领。大家都争先恐后抢着上场，最后只得由挪亚自己来决定出场顺序。他把动物按体型大小依次排好，接着又把人类按高矮排好序，每种生物报上自己要展示的本领，一个接一个按顺序进行表演。

这场精彩的比赛持续了好多天，因为总是有队伍还没表演完就跑去看其他生物的比赛了。每当一场精彩才艺上演时，大家就会热烈鼓掌。有多少绝妙的本领可以看呀！上帝创造的每种生物都身怀绝技！生命的丰富性展露无遗！尽是欢声笑语，尽是掌声雷动，尽是欢呼声、击掌声、跺脚声、笑叫声！

黄鼠狼跑得溜，云雀唱得妙，火鸡昂首挺胸走得气势恢宏，松鼠爬上爬下动作相当敏捷。山魈模仿马来人，狒狒模仿山魈！地上跑的、树上爬的、水里游的、天上飞的，大家都不知疲倦地奋力竞争着，每种生物在自己领域都无法超越，独一无二。有的能给别人施魔法，有的会隐身术。生物们用不同的本领让自己出风头，有的靠力气，有的靠计谋，有的靠进攻，有的靠防守。昆虫可以变得像草、像木头、像青苔、像岩石的模样保护自己；比较弱的生物则能通过发出难闻的气味来防止被攻击，它们靠这个赢得了掌声，也赶跑了大笑的观众。大家都不甘落后，没有任何生物一无是处。鸟儿们编、粘、织、砌，搭建鸟窝，猛禽在高高的天空就能看清极微小的东西。

人类也各显神通。高大的黑人能轻而易举顺着梁木往高爬；马来人两三下就能把一片棕榈叶做成桨，还知道怎么在一块小板子上驾驶、转向，很值得一观；印第安人能用很轻的箭射中极小的目标，他的妻子还会用两种不同的树皮编织座垫，引来众人赞叹；印度人上场展示了几个巫术，大家在惊奇中沉默了好久；中国人则展示了如何通过保持苗间距播种，让小麦增加两倍产量。

特别不受喜爱的欧洲人因为总是刻薄轻蔑地挑剔别人的行为，多次引起了其他人类同胞的不满。当印第安人射中了一只在天上高飞的鸟，这个欧洲人耸了耸肩说："用二十克甘油炸药能击中比这远两倍的鸟呢！"大家让他示范一下，他却不行了，光说要是有这个、有那个、再有十种别的工具，他就能做成了。他还嘲笑中国人说麦苗移植需要辛勤的劳作，但这种奴隶般的工作是不会让一个民族感到幸福的。中国人答道："一个民族若要幸福，先得嘴里有饭吃，心中敬畏神明。"这番回答获得了阵阵掌声。欧洲人又是讥讽地笑了笑。

欢乐的游戏还在继续。最后，包括动物和人类在内的所有的生物都展示了他们的天赋和技能。大家对比都印象深刻，心情愉悦。白胡子的挪亚也笑了，称赞地说："现在水可以慢慢退了，地球上可以开始新的生命了，因为上帝衣服上的每条彩线都还在，要在地球上建立无尽的幸福什么都不缺。"

就只有欧洲人还没有表演绝招了，所有人都强烈要求他上台展示绝活儿，来看看他到底有没有资格呼吸上帝赐予的新鲜空气，随挪亚方舟这所水中的大房子一起航行。

欧洲人一直找借口推脱，但挪亚亲自伸手点了点他的胸脯，让他听指挥。

"我也……"欧洲人开始说，"我也练就了一种本领，不是说我的眼睛比别人看得更清，也不是说我的耳朵鼻子更好使，或者是手艺更出众这一类的，我的天赋更高级一些。我的天赋是我的智力。"

"展示出来！"黑人喊，所有人都使劲儿催促他。

"这个展示不了，"欧洲人温和地说，"你们可能没明白我的意思，我的过人之处是脑力。"

黑人哈哈大笑，露出一口大白牙；印度人嘲讽地噘起薄薄的嘴唇；机灵的中国人和气地笑了笑。

"脑力？"中国人慢吞吞地说，"那就给我们展示一下你的脑力吧，我们现在还一点儿也没看到呢。"

　　"这东西看不到，"欧洲人快快地争辩道，"我的天赋和特质是这样的：我把外部世界的图景存在我脑子里，然后用这些画面生成新的图景和新的秩序。我能在我的脑海里思考整个世界，也就是重新创造世界。"

挪亚抬手盖住了眼睛。"麻烦请问，"他缓缓说，"这有什么用呢？把上帝创造的世界再创造一遍，还是在你自己的小脑袋里为你自己创造——能有什么用呢？"

众人齐齐鼓掌，接二连三抛出问题。

"等等！"欧洲人喊道，"你们还是没理解我的意思。脑力不像手艺，没法轻易展示。"

印度人笑了。

"才不是呢，白人兄弟，能展示的。你就给我们表演一种脑力劳动，比如说算术。我们来速算一下！听着：一对夫妻有三个孩子，每个孩子又组建了一个新的家庭。每对年轻夫妻每年生一个孩子，那人数到达一百总共要花多少年呢？"

所有人都好奇地听着，开始掰着手指头数数，瞪着眼看。白人开始计算，但才过了片刻，中国人就报出了答案。

"厉害，"欧洲人承认，"但这只是熟能生巧。我所说的脑力不是玩这些小花招，而是解决关乎人类福祉的大问题。"

"这个我喜欢，"挪亚兴奋起来，"找到幸福确实比其他所有技艺都重要。你说得对。快告诉我们，对于人类的幸福你有何见教，我们都会感激你的。"

所有人都屏息静气，全神贯注地等着欧洲人张嘴。关键时刻来了，他即将告诉我们人类福祉来自哪里，荣耀属于他。原谅每句恶言吧！若是他知道这种事情，他何必需要眼睛、耳朵、手有什么本领和技艺呢，他又何必需要勤劳和算术呢！

欧洲人本来一直表情傲慢，但当大家崇敬又好奇地看着他时，逐渐变得窘迫起来。

"这不是我的错！"他犹豫着说，"但你们老是会错我的意！我没说我知道人类福祉的奥秘，我只是说我的脑力用来解决一些能促进人类福祉的问题。通往幸福的路很长，你们和我都看不到终点。这个难题世世代代都会继续思考下去！"

一群人迷惑不解地站着，满心怀疑。这个人在说什么？挪亚也看向一边，皱起了眉头。

印度人冲中国人笑了笑，当所有人都陷入尴尬的沉默时，中国人友善地出来解围说："亲爱的同胞们，这个白人兄弟是一个搞笑派。他想告诉我们，他的脑袋正忙着思考一件事，我们曾孙的曾孙可能有一天会看到他的思考成果，也可能永远看不到。我建议我们承认他是一个玩笑家吧！他说的话我们所有人都没能理解，但我们都能想象到，如果我们真的理解了他的意思，就有可能狂笑不止。你们不觉得吗？——好，让我们向我们的玩笑家致敬！"

大多数人都一致同意，很高兴看到这个黑色幽默画上了句号；还有一些人气恼又扫兴。那个欧洲人孤零零站在那，没人搭理他。

但到了晚上，非洲人连同爱斯基摩人、印第安人和马来人一起去找挪亚，跟他说道：

"尊敬的父亲，我们有一个问题想向你请教。我们不喜欢今天那个嘲笑我们的白人小伙子。我请求您考虑一下：所有的人和动物，每头熊、每只跳蚤、每只雉鸡、每只螳螂，还有我们人类，所有生物都有本领可展示。我们用这些本领来致敬上帝，用它们来保卫生命、提升生命、美化生命。我们看到了怪异的天赋，其中有一些还很好笑，就连每个最微小的生命都有能令人高兴的精彩本领——唯独我们最后救上来的这个白人，除了说几句没人能听懂的奇怪又傲慢的话，含沙射影地讥讽别人和开玩笑，弄得大家都不愉快外，什么都不会。——所以我们想问问你，亲爱的父亲，帮助这样一个生物在可爱的地球上重建新生活，真的合适吗？他不会制造灾难吗？你看看他吧！他的眼睛混浊不清；他的额头满是褶皱；他的手苍白无力；他的脸看起来凶巴巴的，还写满悲伤；他嘴里吐不出一句好听的话！带着他肯定不合适——天知道是谁把这个家伙送到我们方舟上来的！"

白发苍苍的挪亚抬起明亮的双眼，慈祥地看着提问者。

"孩子们，"他轻声说，声音充满慈爱，脸色一下子亮起来，"亲爱的孩子们！你们说得既对也不对。上帝在你们发问以前就已经给出了答案。那个来自战乱国的男人不是一位优雅的客人，这一点我必须赞同，大家不明白为什么非得留下这种怪人，但上帝曾经创造了他，就一定有理由。白人做了很多对不起你们所有人的事，是他们毁掉了我们可怜的地球，但你们看，上帝已经给出一个暗示，解释了他留下白人的意图。你们所有人，你，黑人，还有你，爱斯基摩人，你们都有挚爱的妻子，陪你们一起开启我们所盼望的即将到来的地球生活。你和你的黑人妻子，你和你的印第安人妻子，还有你和你的爱斯基摩人妻子。只有那个欧洲人是孤零零一个人。我曾为此伤心了很长时间，但现在我觉得能从中感知到一些特殊意义。这个人留在我们中间，是作为一种警醒，为我们提供动力来源，可能就像一个幽灵吧，但他自己无法繁育后代，除非他重新融入各色人种。他不会破坏你们在地球上的新生活的，放心吧！"

黑夜来临。

第二天清晨，水面之上，圣山在东方露出了一点点尖峭的山峰。

（1917—1918年）

藤椅童话

一位年轻人正独自坐在寂寞的阁楼里。他想成为一名画家，但还有许多困难要克服。起初，他住在安静的阁楼里，长大一些后，他习惯了在一面小镜子前试着给自己画自画像，一坐就是几个小时。这种画像他已经画了整整一本，其中有几幅他特别满意。

"我没接受过一点儿培训，"他自言自语，"能画成这样已经很不错啦。鼻子旁边这条皱纹多有趣啊，别人会看出我有点思想家的气质，或者有点类似的感觉。我只需要把嘴角稍微往下拉一点儿，就有一种独特的忧郁感。"

只是，当他过一段时间再重新审视自己的作品时，大多都觉得不满意了。这让人感到很糟心，但他得出结论，是因为他进步了，对自己提出了更高的要求。

他跟阁楼还有他在阁楼里摆放的东西的关系并不亲密，却也不差。像大多数人一样，他对它们不好不坏，很少观察它们，也不太认得它们。

当又一幅自画像画得不太成功时，他就会看看书，看别人是怎么从一开始跟他一样

是一个普普通通、默默无闻的青年，到后来变得声名大噪的。他很喜欢读这类书，因为能从中读到自己的未来。

有一天，他又闷闷不乐地待在家里，读一个关于举世闻名的荷兰画家的故事。他读到，这位画家内心充满一种真正的狂热，一心只想当一名优秀的画家，简直是着了魔。年轻人觉得自己身上与这个荷兰画家有些相似之处，但继续读下去，他又发现了一些跟自己不太契合的地方。另外，他还读到，那个荷兰画家在遇到恶劣天气不能出去写生的时候，就充满激情不停地画下所有他眼睛能看到的哪怕是最微小的东西。他画过一双老木底皮鞋，画过斜斜歪歪的旧凳子，还画过寻常木头制成的粗糙的农家厨房凳。那个凳面由稻草编成，已经破烂不堪了。这个在别人看来毫不起眼的凳子，画家却饱含激情和热忱，倾注了大量的爱与忠诚去描绘。这幅画最终成了他最好的画作之一。画家用了大量优美动人的词句来描写这幅草凳画。

年轻人停下来开始思考。有一些新东西，他必须尝试一下。他决定，立刻——因为他可是一个当机立断的年轻人——复制那个伟大画家的事迹，试着找寻成为大师的道路。

他坐在阁楼上环顾四周，却发现自己极少关注这些日日与他相伴的物件。没有找到歪歪斜斜的草凳，房间里也没有木底皮鞋，他一下子灰了心，垂头丧气。他几乎又像往常一样，读完伟人的人生故事便失去了信心：他发现所有在别人生命中起到重要作用的小物件、暗示指引和奇特机遇，他都没有，只能空等，但很快他就振作了起来。他意识到执着地坚持自己艰辛的成名之路才是他现在的使命。他仔细打量屋内的所有物件，发现了一个很适合当模特的藤椅。

他用脚把藤椅勾过来一点儿，然后削尖画笔，把素描本放在腿上，开始画起来。起初，他用轻轻几笔大致勾勒出了物体形状，接着，快速有力地起笔，用几笔粗线条草草画出藤椅的轮廓。角落里一片深色的三角形阴影吸引住了他。他用有力的笔触去描绘它，但画着画着他就觉得不太对了。

他又继续画了一小会儿，然后把素描本拿远，打量这幅画。他发现画得太重了。

他愤怒地在画上又添了一道，气冲冲地盯着那个藤椅。还是不对，他恼了。

"藤椅魔鬼，"他大喊，"我还没见过你这种喜怒无常的畜生呢！"

藤椅咔嚓响了一下，冷静地说："你好好看看我！我就是我，不会改变。"

画家用脚尖踢了它一下，藤椅往后退了退，看起来又完全是另外一番样子了。

"蠢家伙，"年轻人叫道，"你满身是歪歪斜斜的。"

藤椅轻轻一笑，温柔地说道："这叫透视，我的年轻人。"

画家跳了起来。"透视！"他怒吼，"蠢家伙跑出来想教育我！透视是我的事，不是你的事。你给我记清楚！"

藤椅不再说话了。画家气得在屋里走来走去，脚步声声作响，直到下面传来木棍狂敲他家地板的声音才停下。楼下住着一个老头，是一位学者，受不了一点儿噪声。

他坐下来，把他最近画的一幅自画像又放在面前看了看。但他不喜欢那幅画。他觉得他本人看起来更英俊、更有趣，确实是这样。

他想继续读那本书，但书里还有好多写那个荷兰草凳的内容，这让他很不快。他觉得介绍那个椅子的废话说得已经够多了，真是的……

年轻人找到他的艺术家帽子，决定出去走一走。他想起来，很久之前他就注意到了绘画的缺陷。画家除了痛苦就是失望，但到最后，就算是全世界最好的画家也只能描绘出事物的简单外在。对一个有深度的人来说，这不是他最终的职业归宿。他又认真考虑了一下曾经想过很多遍的事情，按照以前的爱好，他觉得自己还是更想当一个作家。

藤椅孤独地待在阁楼里。小主人走了，它很伤心。它本来期待彼此之间终于可以建立一种融洽的关系了。有时，它其实很愿意说几句，它知道自己能教给小主人一些很有价值的东西，但是现在不可能了。

（1918年）

帝国

从前有一个国家，它辽阔、美丽，却并不富裕。在这个国家里生活着一群勇敢的人民，他们简朴知足，健壮有力，知足安命。金钱财富、奢华生活、优雅华丽，在这个国家都不常见，更加富裕的邻国常常或讥讽或同情地俯视这个大国简朴的民众。

这个国家的民众虽然在其他方面默默无闻，但一些为人类所珍视的、用金钱买不到的东西却在这里发展得十分昌盛。正是这些东西的繁荣，使这个穷国虽然国力衰微，但随着时间的流逝还是声名远扬，广受赞誉。音乐、文学、思想智慧这类东西，在这里欣欣向荣，正如人们不会要求伟大的智者、传教士或诗人要富有、优雅、善于交际，而是尊重他们本来的样子，强国的民众也是这样对待这个奇特的穷困民族的。说起他们的贫穷和稍显笨拙的天性，富国民众往往会耸耸肩，但他们很喜欢谈论穷国的思想家、诗人和音乐家们，而且心里没有一丝嫉妒。

因此渐渐地，思想之国虽然贫困并常被邻国打压，但它丰富的温暖源泉和思想源泉却源源不断地流向邻国，流向全世界。

然而，这个穷国有一个古老而奇怪的传统，因为这种传统，这个国家的民众不仅被外国嘲笑，自己还备受其苦：这个美丽的国家各个部族自古以来就无法和睦相处。部族之间总是有争吵和嫉妒。虽然偶尔民族中最优秀的人们会提出想法，认为大家应该团结一致，友好相处，共同合作，但人们觉得，要是这样，就会有一个部族或者它的首领独享领导权，统治所有部落。这对大多数人不利，所以各个部族一直都没能统一。

有一次，穷国战胜了一个曾经严酷压迫他们的外国统治者。这回，似乎终于有统一的机会了，但很快大家又吵翻了天，小诸侯王拒绝统一，他们给自己的臣民大肆加官晋爵，人们渐渐满足于现状，不愿再革新。

而此刻，世界发生了翻天覆地的变化，就是那场人与物的奇特转变，它像幽灵或疾病，从第一台蒸汽机的烟雾里升起，改变了世界各地人们的生活。全世界充斥着劳动和勤奋，机器统治了世界。巨富诞生，发明机器的大洲控制了比以前更多的地区，利用它的霸权瓜分其他大洲的土地，而弱国则空手而归。

这场潮流同样也席卷了我们所说的这个穷国，但它占的份额很少，这一点与它的地位相符。世界上的财富似乎又一次被重新划分，这个穷国似乎又一次空手而归。

突然间，一切都变换了轨迹。要求部族统一的声音从未止息。一个伟大而威严的政治家出现了，穷国在与强大的邻国的对抗中取得了一次辉煌的胜利，穷国就此强大起来，实现了全国统一，所有的部族都联合在一起，建立了一个伟大的帝国。这个由空想家、思想家、音乐家组成的穷国觉醒了，它变得富裕，变得强大，变得团结统一，走上了自己的道路，与老牌大国势均力敌。外面广阔的世界已经没剩多少东西可供掠夺了，新崛起的强国发现遥远的大洲已经被瓜分完了，但是此前在该国发展缓慢的机器精神，现在却有了突

飞猛进的发展。整个国家和民族发生了迅速转变。变大、变富、变强，令人生畏。财富在积聚，士兵、大炮、堡垒，国家被包围在三层防御中。很快，新势力的崛起让邻国不安，猜疑和恐惧蔓延，于是邻国也纷纷开始修筑防御工事，建造大炮和战船。

但这并不是最糟的。人们有足够的钱来修筑这些庞大的防御设施，而且没人想过要打仗，这些准备只是为了以防万一，因为有钱人就是喜欢看到自己的财富周围筑起铜墙铁壁。

更糟的是这个年轻帝国内部的变化。这个之前长期被全世界半尊敬半嘲笑的民族，这个精神富裕、财富匮乏的民族，他们如今见识到了金钱和权力是多么好的东西。他们修房子、存钱、做生意、放贷，迅速致富，之前开磨坊和铁匠铺的，现在得赶快办工厂，之前雇了三个伙计的，现在得雇十几、二十几个人，甚至不少厂主很快就扩招到了成百上千人。这些伙计和机器的工作效率越高，财富就积累得越快——对于懂得生财之道的人来说。大批大批的工人不再是师傅的伙计和帮工，而是陷入徭役，沦为奴隶。

其他国家也是这样。作坊变成了工厂，师傅变成了统治者，工人变成了奴隶。世界上的任何国家都无法摆脱这种命运。这个年轻帝国的命运的特殊之处在于，世界上出现的这种新的精神和欲望与这个国家的诞生同时发生。它没有根基，没有旧日财富，像一个毫无耐性的孩子一样一头冲进这个快速发展的新时代，双手不停工作，手里攥满金子。

有人发出提醒和警告，说这个国家的民众已走上歧路。他们回忆起过去的时代，回忆起国家的隐形荣誉，回忆起他们曾经的精神特质的使命，想起他们曾馈赠给世界的，源源不断的高贵的思想、音乐、文学等精神源泉，但沉浸在获得新财富的幸福中的人们对此只是笑笑。地球是圆的，它一直在转。祖辈作诗、进行哲学创作，固然很好，但孙辈们也想展示一下，这片土地上的人们也有些别的能耐，于是他们在数千家工厂里锻造锤炼，生产新机器、新铁路、新货物，为以防万一还一直制造新枪新炮。富人与普通民众分离，

穷苦工人觉得孤苦无依，也不再为民众考虑，虽然他们自己也是其中的一分子，他们只关心自己，为自己逐利。为抵御外敌制造了这么多步枪大炮的富人和统治阶级，很高兴自己提前做了预防准备，因为如今内部出现了敌人，可能会十分危险。

一切都在那场大战中结束了，战争持续数年，无情地毁坏了这个世界。我们如今仍站在它的废墟中，因它的噪声而头晕，因它的荒唐而气恼，因血流成河而受创。那些血流曾淌过我们每个人的梦境。

战争结束了。刚刚崛起的帝国崩溃了，它的子民热情狂妄地走上战场，却铩羽而归。甚至还没谈和平问题，胜利者就要求战败民族缴纳巨额赔款。随后就出现了这样的场景：日复一日，在败战军队回乡的同时，长长的火车正运送着他们此前权力的象征，从家乡开出，与他们相向而行，运往胜利的敌国。机器和金钱源源不断地流出战败国，流到敌国手中。

与此同时，战败民族在他们最困难的时刻进行了沉思。他们赶跑了统治者和各诸侯，宣布自己"成年"。他们自发组建议会，宣布自身意志，要用自己的力量和精神来度过这场灾难。

这些经过了残酷考验而"成年"的民众，如今还不知道前路该往哪里走，谁会是他们的领袖和帮手，但上天知道，而且它还知道为何要给这些民众、给全世界带来这场痛苦的战争。

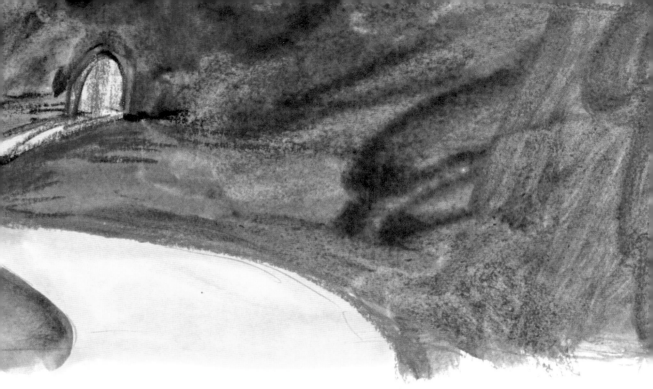

在黑暗中，有一条路在微微闪光，那条路，是战败国必须要踏上的路。

它无法再变回孩子。没人能这样。它不可能简单地交出大炮、机器和金钱，然后若无其事地回到和平的小城里继续作诗、演出奏鸣曲，但有一条路他们可以走，那是一条当生命陷入错误和深深的痛苦时必须走的路。它可以回顾一路走来的历程，想想它的出身和童年，它是如何成长，如何辉煌，又为何没落的，然后便可以在回忆之路上找到属于它自己的永恒的力量。它必须像虔诚的教徒所言，要"做回自己"。在自己心中，在内心深处，它能找到自己未被摧毁的本性，这种本性不会逃避命运，而会对自己说"行"，然后从它找回的最优秀的、最本真的品质出发，重新开始。

如果真是这样，如果沮丧的民众能甘心又真诚地走上这条命运之路，那么曾经的一些东西会重现。会重新有源源不断的源泉从他们身上流出，渗入全世界。将来，他们如今的敌人会重新感动地聆听这股静流的声音。

（1918年）

魔法师的童年

我再次来到深井旁，

重温曾经的美丽传说，

远远听到你悦耳的歌声，

听你笑，听你梦呓，听你轻声哭泣。

从你内心深处悄悄传来咒语，

似在提醒，我仿佛醉了，睡了。

你不断呼喊我……

　　从小，我不只受到了父母和老师的教育，还受到了一些更高级、更隐秘的力量的引导，潘神就是其中之一，它在我祖父的玻璃柜里，是一个小巧的跳舞神像。潘神，还有其他几个神关照着我的童年时代，在我还没学会读书写字之前，它们就丰富了我对东方古老形象与思想的认知，以至于后来每次我遇到印度和中国的智者，感觉都像是一次重逢，像是归乡，但我是欧洲人，甚至还是积极进取的射手座。我一生都在大量练习诸如勇猛、充满欲望、保持好奇心之类的西方品质。幸运的是，跟大多数孩子一样，在上学之前我就已经学会了生命中必不可少的最重要的东西。这些东西是苹果树、雨、太阳、森林里的河流、蜜蜂和甲壳虫教给我的，是潘神教给我的，是祖父藏宝室里的跳舞神像教我的。我了解这个世界，我大胆地跟动物和星星交朋友，我熟悉果园、小溪和小鱼，我能唱许多首歌曲。此外，我还会变魔法——但可惜的是后来魔法被我早早荒废了，长大一点儿后才重新学起来——那时我拥有不可思议的童年智慧。

后来，我又学习了课堂知识，学得很轻松，并且乐在其中。学校很聪明，没有让我们钻研那些生活中必备的枯燥的专业技能，而主要组织一些轻松愉快的娱乐活动，传授知识，我常常能在那些活动中找到乐趣，有些知识后来伴随了我一生。直到现在，我还记得许多美妙又有趣的拉丁词语、诗歌和谚语，还有全世界好多城市的人口数。当然，不是现在的啦，而是19世纪80年代的人口数。

直到十三岁那年，我还从没有认真考虑过自己以后会成为什么样的人，可能会做什么样的工作。跟所有男孩子一样，有些工作让我喜欢又羡慕：猎人、筏工、车夫、走钢丝演员、北极探险家，但我最想做的还是魔法师。这是我天性中最深刻、最真诚向往的方向，我对人们称之为"现实"的东西有些不满，有时我觉得这只是成年人做的荒谬协定；我早就熟悉了时而胆怯地、时而嘲讽地拒绝现实，强烈地希望给它施魔法，使它变形，让它提升。童年时期我想成为魔法师，是为了完成一些肤浅天真的愿望：我想看冬天结苹果，想用魔法把钱包里变出满满的金银，想用魔力让我的敌人动弹不了，再宽宏大量饶了他，让他感到羞愧。最后，我被宣布为胜利者和国王，我想把地底埋的宝藏变出来，让死人复活，让自己隐身。尤其是隐身术，这是我最想要的技能。对于这种魔力的向往，跟对

所有魔力的向往一样，以许多不同形式伴随了我终生，可我自己却常常一下子认不出来。后来，我长大成了作家，常常试着隐身到我的作品后面，我给自己改名，藏到意义丰富的艺名背后。奇怪的是，我常常因为这种尝试而被同行怪罪和误解。回顾往昔，我一辈子都在渴望着魔力。随着时间的推移，我渴望魔力的目标发生了变化，我渐渐将它从外部世界拉回到自己的内心世界，渐渐不再追求外物的变化，而是追求自身的转变，我努力用知识的隐身代替隐身帽下笨拙的隐身，把知道装作不知道——这将是我人生故事的本质内涵。

我是一个活泼幸福的小男孩儿，与美丽的彩色世界玩耍，到处都是我的家，不管是跟动植物玩，还是漫游在我自己的想象和梦想、力量和才能的原始丛林中，都是一样的欢愉。那些热切的愿望让我快乐，而不会让我受折磨。那时候我不自觉地练了许多魔法，比后来我重新学会的可纯熟多了。我能轻易获得爱，轻易影响别人，轻易成为领导者、被追求者或是神秘人物。年幼的亲朋好友好多年里都敬畏地相信我确实掌握魔力，能控制恶魔，拥有隐藏的珍宝和王冠。我像在天堂般快活，虽然父母早早就让我认识了现实。我的童年之梦持续了很长时间。世界是我的，一切都在眼前，一切都像是美好的游戏围绕着我。如果我心里升起一种渴望和不满足，那么愉快的世界就仿佛蒙上了一层阴影，让人怀疑。这时，我大多时候都能轻易找到通往另一个更自由、不受阻碍的想象世界，从想象世界回来后，我会发现外部世界变得崭新又可爱。我在想象的天堂里生活了很久。

我父亲的小花园里有一个木制板条箱，我在那里养了一只兔子和一只被驯化的乌鸦。我常常在那儿待很久，就像永远那么久，享受着当主人的幸福感。兔子散发出生命的香气，浸着青草和牛奶，以及繁育的香味；乌鸦冷酷的黑眼睛里闪耀着永恒的生命之光。晚上，在同样的地方，借着燃烧的蜡烛，我独自一人或跟小伙伴一起待在昏昏欲睡的温暖的小动物旁边，畅想我的大计：我要挖出巨大的宝藏；弄到曼德拉草；跟着胜利的骑士队伍穿过亟待解放的世界，处决强盗、救苦救难、释放囚犯、烧毁强盗的城堡，把叛徒钉在十字架上，原谅叛变的奴仆，娶到国王的公主，听懂动物的语言。

我祖父有间大书房，我常在里面查阅书籍，书房里有一本又大又沉的书。在这本包罗万象的书里有一些古老又奇异的图片——它们常常在人刚一翻阅时明亮又吸引眼球，但有时要找它们的时候却又找不见了，它们消失了，变没了，好像从来就不存在似的。书里有一则美丽又难懂的故事，我常读到，但就连它也不是总能找到，时机必须得合适。有时，它会完全消失不见，躲藏起来，有时又好像换了住处和地方；有时读起来特别友好。我几乎能懂了，有时它却又像阁楼门一样黑黢黢紧闭着，后面时而能模模糊糊听到鬼怪的声音，听到它们窃笑或呻吟。一切都是现实，一切都是魔法，现实与魔法亲密地共同生长，二者都属于我。

还有祖父玻璃藏宝柜里的那个印度跳舞神像，它也会变，它的表情不是永远一样，跳的舞蹈也不是每时每刻都相同。有时，它是一尊神像，造型奇怪还有点滑稽，在难以理解的陌生国度被其他一些难以理解的陌生民族所创造和尊崇；而另一些时候，它是一件魔法作品，寓意深刻又阴森可怕，对待受害者贪婪、恶毒、严厉、无常、嘲讽，仿佛在引诱我笑它，以借此报复我。虽然是黄铜制成的，但它能变换目光，有时还会斜睨一眼。另一些时候，它就只是一个象征，不美也不丑，不好也不坏，不好笑也不可怕，简单、古老、难以理解，就像古老的鲁内文，岩石上的藓斑，卵石上的图案。而那个形象、那张脸、那座雕塑后面住着神，住着永恒，虽然那时我还是一个孩子，不知道神的名字，但我对神的尊敬和了解却一点儿也不比后来少，于是我称神为湿婆、毗湿奴，我称神为上帝、生命、梵天、我佛、道或不朽的母亲。他是父亲，也是母亲；他是男也是女，是太阳也是月亮。

玻璃柜里神像的旁边，还有祖父其他的玻璃柜里，还挂着、摆着许多其他的玩意儿，如像念珠一样的木珠项链，刻着古老印度文字的棕榈叶卷轴，绿色皂石雕成的乌龟，木头、玻璃、水晶、陶土制成的小神像，绣着花纹的丝绸和亚麻桌布，铜杯铜碗，所有这些物件都来自印度，来自锡兰——那个布满蕨类植物，岸边长着棕榈树，有长着鹿眼的温柔的僧伽罗人居住的天堂岛——来自暹罗，来自缅甸，全都散发着大海、香料和远方的味道，散发着肉桂和檀香木的香气。它们在棕色和黄色皮肤的手中传递，被热带雨水和恒河水打湿，在热带艳阳下被晒干，在原始森林中享受过阴凉。所有这些东西都是祖父的。这位德高望重的强大的老人留着白花花的胡子，他博古通今，比父亲和母亲都更威严。他还拥有许多其他的物件和能力，不只是印度神像和玩具，不只是这些雕塑、绘画、被施了魔法的东西、椰子杯、檀木箱，也不只是大厅和书房。他也是个魔法师，一个博学者，一个智者。他能听懂的人类语言超过三十种，可能他还懂神的语言和星星的语言。他会写会说巴利语和梵语，会唱卡纳达语、孟加拉语、印度斯坦语和僧伽罗语的歌曲，虽然他是基督教徒，信三位一体的上帝，但他了解伊斯兰教和佛教的祷告仪式，而且他曾在东方炎热而危险的国家生活过数年，坐船、驾牛车、骑马、骑骡子远行。没有人比他更清楚，我们的城市和国家只是世界上很小的一块，世界上还有几十亿人跟我们有着不同信仰、不同习俗、不同语言、不同肤色，敬奉不同的神，有与我们不同的美德和恶行。我爱他、敬他，还有一些怕他。我对他充满期待。他说什么我都信。我不断从他还有扮成神的潘神身上汲取智慧。这个男人，我母亲的父亲，藏在秘密森林中，就像它的脸藏在白花花的胡丛后面。他的眼中时而流出尘世的忧伤，时而流出明朗的智慧，时而填满寂寞的学问，时而露出神性的狡猾。来自许多国家的人都认识他、敬重他，来拜访他。他们说英语、法语、印度语、意大利语、马来西亚语。谈完话后，他们又悄无声息地离开，那些可能是他的朋友，可能是他的使者，也可能是他的仆从和受托人。从深不可测的祖父那里，我也知道了母亲身上的秘密的来源，那些神秘而古老的东西。母亲也曾在印度生活了很久，她也会说马拉雅拉姆语和卡纳达语，会唱那些语种的歌曲，用奇怪神秘的语言与祖父交流名言和谚语。跟祖父一样，她有时也会有那种陌生的微笑，那种朦胧的智慧之笑。

我的父亲却不同。他很孤独，不属于祖父的神像世界，也不属于俗世生活，而是置身事外，孤独寂寞，是一个苦难者、寻觅者。他博学多才、宽厚善良，没有过失，热衷于追求真理，但他离那种微笑很远，他高尚而温柔，但没有秘密。善良和聪慧从未离开过他，但他从没有消失在祖父式的魔法迷雾中，他的表情也从未沉醉于天真与神性中。

父亲和母亲说话时从不用印度语，而是讲英语，或者说一口清晰、地道、漂亮、带点波罗的海口音的德语。他用这种语言吸引我，逗我开心，教育我，我有时会充满赞赏地勤加练习他这种口音，特别努力。虽然我知道我的根长在更深的母亲的土壤中，在深色眼睛中，在神秘世界里。我的母亲极擅音乐，而父亲却不然，他不会唱歌。

我与姐妹们还有两个哥哥一起长大，哥哥们备受我的敬慕。我们住在一个地势崎岖的古城里。古城环山，山上植被茂密，冷峻又有些阴森，森林中流淌着一条蜿蜒美丽的小河。这是我热爱的家乡。在森林中、河流里，不管是植被和土壤，岩石和洞穴，还是鸟儿、松鼠、狐狸、鱼，我都熟悉。一切都属于我，都是我家乡的，但除此之外，那玻璃柜和书房、祖父睿智的脸上善意的嘲笑、母亲深邃温暖的目光、乌龟和神像、印度歌曲和谚语。它们都在告诉我，还有更广阔的世界，更大的家乡，更古老的起源，更悠久的历史。聪明的老鹦鹉落在高高的铁丝笼上，表情睿智高深，尖尖的鸟嘴唱呀说呀。它来自遥远未知的地方，鸣啭着丛林语言，身上有赤道的味道。地球上许多角落绽放着光芒伸出手臂，在我们家相互交汇。我们的房子又大又老，有许多半空着的房间，有储藏室，有散发着石头冰冷的味道、能发出回声的大走廊，有看不到尽头的阁楼，阁楼里堆满了木头和水果，灌满穿堂风，填满了黑漆漆的空旷。各种世界的光辉在房子里交织碰撞。大家在这里祈祷，读《圣经》，在这里钻研学问，研究印度语文学，在这里创作出许多好听的音乐，在这里知道了佛和老子。来拜访的客人来自各个国家，衣服上带着陌生的异国气息，提着皮制的或树皮编成的样式奇特的行李箱，讲着异国语言。穷人在这里受接济，庆典在这里举办，科学和童话紧挨着依偎在一起。祖母也住在房子里，我们有点怕她，跟她不熟，因为她不会说德语，读一本法语的《圣经》。房子里的生活多姿多彩，但却并不总是那么好懂，这里的灯光五光十色，生命之声丰富而精彩。这里很美，我很喜欢，但我的幻想世界更美，我的白日梦更丰富。现实永远不够，魔法是必需的。

在我们家，在我的生命中，处处都有魔法。除了祖父的柜子外，还有母亲的柜子，里面装满了亚洲来的布匹、衣服和面纱，斜眼的神像也有魔力，一些旧房间和楼梯转角也散发出神秘的气味。有一些东西和关联只在我心中，单独为我而存在。没有什么像这些东西一样这么神秘，这么脱离日常现实，但也没有什么比它们更真实。就像那本大书里随心所欲地出现又消失的图片和故事，还有我每次看都不一样的神像表情。周日晚上的房门、花园小屋和街道看起来跟周一早晨是多么不一样啊！当没有其他人的精神给这些物品做标记，而只有我自己的精神与它们玩耍，赋予他们新名字和意义时，一切又是多么焕然一新呀！这时，熟悉的椅子或矮凳，炉子旁的一片阴影，报纸上印的一个人头，都会变美变丑或变坏，变得意味深长或平淡乏味，唤起渴望或令人惊恐，好笑或悲伤。固定的、不变的、永久的东西是多么少啊！一切都在经受变化，渴望改变，伺机瓦解或重生！

在所有魔法现象中，最妙的是一个"小人儿"。我不记得我第一次见到他是什么时候了，反正他就一直在那里，跟我在一起。小人儿是一个小小的模糊的灰色形象，是一个小男孩儿，可能是鬼怪或精灵，天使或恶魔。不管是睡梦中还是清醒时，他总会时不时出现，走在我前面。我只得追随他，比追随父亲、母亲，比追随理智，有时甚至比追随恐惧还要多。当小人儿现身时，我就只能看得到他，他去哪儿我去哪儿，他做什么我做什么——遇到危险时他就会现身。当我被一只恶犬追赶，或是被愤怒的高个子同伴跟踪，当我处境尴尬，进退两难，这个小人儿总会在最危急的时刻出现，跑到我前面，给我引路，拯救我。他指给我花园篱笆松动的板条，让我在最后的忧心时刻找到出路，他给我示范应

该怎么做；他从我手中拿走我想吃的东西；他带我寻回丢失的财物。有一段时间，我天天都能见到他。他没有出现的时候就很不好，一切都变得平淡又模糊，一切都停滞不前。

有一次在市场上，小人儿在我前面跑。我跟着他，奔向巨大的市场喷泉。喷泉的四股水柱注入一人多深的石造水池中。他沿着侧壁爬上护栏，我跟着爬上去。他从护栏上灵巧一跃，跳入深水。我也跟着跳下去，没有别的选择，但我没被淹死，被捞了上来，而且是被一个年轻漂亮的女邻居救上来的。之前我几乎不怎么认得她，而现在我们建立起了一段美好的友谊。这带给了我很长时间的欢乐。

有一次因为我捣蛋，父亲要跟我好好谈一谈。我费力地给自己开脱，再次体会到让成年人理解自己有多难。我流了泪，受到了小小的惩罚，最后为了让我长记性，父亲送给了我一本漂亮的袖珍日历。我觉得有点丢脸，对这件事很不满，我离开家门，走过小桥，小人儿突然跑到我前面，他跳到桥栏杆上，叫我把礼物从栏杆扔下去，丢进河里。我立即照做了，小人儿在的时候，我没有一点儿怀疑和犹豫，只是当他消失后，我才有了困窘的感觉。还记得有一天，我正跟父母一起散步，小人儿现身了。他走到了马路左侧，我跟着他过去，我的父亲喊了我好几次让我走另一边，但小人儿就是不去，固执地走在左边。我每次又只得赶紧跟过去。最后，我父亲烦了，让我爱走哪边走哪边，他伤心了。回到家以后，他问我为什么这么不听话。

遇到这种情况我就会特别尴尬，深感困窘，因为对别人提起小人儿是绝不可能的事。没什么比出卖小人儿，说出他的名字，提到他，更可恶、更糟糕、更罪大恶极的事了。我不能想他，不能叫他，也不能期盼他到来。如果他在，那当然好，我跟着他。要是他不在，就当他从来没存在过。小人儿没有名字。这世上最不可能的事就是小人儿在的时候不跟随他。他去哪儿，我就跟他去哪儿，上刀山，下火海。他不会命令我做这做那，不，他只是自己做这做那，而我跟着他做。不跟着他做事是不可能的，就像我的影子不可能脱离我的动作。或许我只是小人儿的影子或镜子，或者他是我的；或许我做在他之前，做我想让他模仿的事情，或者跟他一起做。只是很可惜，他不总是出现。当他不在时，我的行为也就失去了理所当然和必要性，一切可能也都会不同了，每一步都有做与不做的可能，犹豫的可能，考虑的可能，但我曾经生活中美好、快乐、幸福的那些，都没有经过考虑就发生了。或许，自由王国也是错觉王国吧。

我跟当初在喷泉中救了我的有趣女邻居之间的友谊多美好呀！她活泼、年轻、漂亮，还有点可爱的傻气，有点像大智若愚。她听我讲强盗故事和魔法故事，一会儿信多了，一会儿信少了，但她觉得我至少是个来自东方的智者，我也欣然接受了。她很欣赏我。当我给她讲一些有趣的事情时，她还没搞明白笑点在哪儿，就开始放声大笑。我为此而责备她，问她："安娜小姐，你怎么能还没明白我讲的是什么就开始笑呢？这太蠢了，而且这是对我的侮辱。你要么听懂了我的笑话再笑，要是没听懂就别笑，别假装听懂了似的。"

她继续笑。"不，"她说，"你已经是我见过的最聪明的男孩儿了，太了不起啦。你以后会成为教授、部长或者医生的。你知道吗，我的笑没什么恶意。我笑单纯是因为我很喜欢你，因为你是世界上最有趣的人。好了，现在给我解释一下你的笑话吧！"我讲得特别细致，但她还是要问这问那。最后，她终于明白过来了，狂笑不止，连我都被感染了。我们一起笑了多少回呀！她是多宠爱、多崇拜我呀！她被我逗得多开心呀！我有时给她示范一些很难的绕口令，连续快说三遍，比如"维也纳洗衣工洗白色维也纳衣裳"或者"科特布斯邮政马车箱"。我坚持让她练练试试，但她还没说就开始笑，连三个字都不能好好说出来，每句话一起头就变成了新的笑声。安娜小姐是我认识的人里最快乐的一个。以我的儿童智慧来看，她超级傻，但却是一个快乐的人，我有时认为快乐的人是隐形的智者，虽然他们看起来比较蠢。还有什么比聪明更蠢，更让人不快乐的呢！

许多年过去了，我跟安娜小姐渐渐断了来往，我已经是个上学的大男孩儿了，我开始体会到聪明带来的诱惑、痛苦和危险。直到后来有一天，我又一次需要她了。这次又是小人儿带我去找她的。不久前，我开始思考性别的差异以及孩子是如何诞生的问题。问题变得越来越麻烦，越来越棘手，我倍感绝望。有一天，我觉得这些问题实在是太折磨人了，再不解决我都活不下去了，我气恼狂躁地从学校回家，走过市场，一路盯着地上，沮丧又颓靡，这时，小人儿突然出现了！现在他已经是个稀客了，从很久之前就背叛了我，或者说是我背叛了他。如今我又看见他了，小巧又灵敏，在我前面走着，只现身了一下，就跑进了安娜小姐家里。他不见了，但我已经跟着他进了安娜小姐家，我心里已经明白为什么要来这儿。我突然闯进她的屋子，她大叫一声，因为她正在换衣服，但她没赶我走，很快我就明白了自己当时急需知道的一切。要不是当时我还太小，说不定会发展出一段韵事。

这个有趣的蠢女人跟其他大多数成年人不同的是，她虽然蠢，但很自然，很真实，活在当下，从不撒谎骗人，也从不难为情，但大多数成年人却不是这样的。不过也有例外，比如说母亲——鲜活生命、神秘影响的化身，父亲——公平睿智的化身，祖父——几乎不再是个凡人，而是一个隐士，是一个全知。他微笑，他深不见底。绝大多数成年人，虽然受到敬畏，但他们只是纸糊的神仙。他们跟孩子说话时，那种做作的表演多可笑啊！他们把自己和自己的事情看得多重要啊！当他们从巷子里走过，腋下夹着工具、公文包、书籍，他们多么希望被认出来，被问候呀！有时星期天会有人来我家"探望"我的父母，男人们戴着厚厚的羊皮手套，笨拙的手里拿着大礼帽，他们是身份显赫的律师、法官、神父、教师、局长、监察长，各自带着自己有些胆怯、有些拘谨的妻子。他们一本正经地坐在凳子上，干什么都要人劝，做什么都得有人帮，脱衣、进门、坐下、提问、回答、离开，都是这样。对待小资产阶级圈子不用那么认真，这对我很容易，因为我父母不属于这个圈子，他们也觉得这样很可笑。但即使他们不演戏，不戴手套，不做客，多数成年人也让我觉得够奇怪够好笑了。他们把工作、手艺和职位看得多重要啊，他们觉得自己多伟大啊！要是车夫、警察或者是铺路工把路堵了，这就是一件神圣的事情，人们很自然地让路，腾地方，甚至上去帮一把，但若是孩子们在路上劳动或玩耍，这就不重要，他们会被拽到一边大声斥责。难道他们做的事情不如大人对，不如他们好，不如他们重要吗？不，不是的，恰恰相反，但大人们掌握权力，他们能下令，他们有主宰权，而且跟孩子们一样，大人也有他们的游戏。他们玩消防演习，扮演士兵，去俱乐部和酒馆，但不管做什么，他们都摆出一副郑重其事的表情，就好像一切都只能如此，没有更美好、更神圣的事情了。

大人中有聪明人，这一点我必须承认。所有"大"人都是从孩子过来的，但在这么多大人中只有很少的人还没有完全忘记什么是孩子，他们是怎么生活，怎么劳动，怎么玩耍，怎么思考的，他们喜欢什么，讨厌什么。这一点不是很奇怪吗？只有少数人，极少数人，还能知道这些。不是只有恶棍和无赖才粗暴地对待孩子，到处驱赶他们，凶狠轻蔑地盯着他们，有时似乎还有一些怕他们。不，其他怀揣善意的人，其他有时愿意屈尊跟孩子们聊一聊的人，他们大多时候也不知道什么才是重要的。他们若要跟我们打成一片，也得费力又尴尬地降低身份，但他们面对的不是真正的孩子，而是他们想象出来的愚蠢的卡通小孩。

所有大人，几乎是全部，都跟我们孩子生活在不同的世界，跟我们呼吸着不一样的空气。他们常常不如我们聪明，经常除拥有神秘的权力外，没什么能比我们强的。他们更强壮，对，如果我们不主动听话，他们能强迫、教训我们。但这真的是他们的优势吗？哪一头公牛、大象不比他们强壮？但他们有权力，能下命令，他们的世界和风格被认为是正确的。然而有一点让我觉得特别奇怪，甚至有几次觉得有点可怕——有很多大人看起来很羡慕我们孩子。有时他们会看上去天真又坦诚，带着一点儿叹息说："唉，还是当孩子好啊！"如果他们不是在说谎——我感觉他们这么说的时候不像是在说谎——那就说明这些大人，这些掌权的、尊贵的、发号施令的人，并不比我们这些服从命令、恭恭敬敬的小孩儿更快乐。在我学过的一本曲集中，里面有首歌的副歌特别让人惊奇："还是个孩子，多幸福啊多幸福！"这是个秘密：有一些东西是只有我们小孩有但大人没有的，他们不只比我们高大强壮，从某个角度看，他们也比我们更可怜。我们常常会羡慕他们身材高大，备受尊敬，羡慕他们表面的那种自由和洒脱，羡慕他们能留胡子，而他们有时却会羡慕我们小孩子，甚至把这种羡慕唱在歌里！

　　好吧，虽然我希望世界上很多东西能跟现在不一样，包括学校里的一些事，但我还是快乐的。尽管我一直被灌输这么一种思想：人类生下来不是为了享乐的，只有到达了彼岸，那些经受住了考验的人才能获得真正的幸福。很多我学过

的谚语和诗句都是这么说的，我常常觉得它们特别美，特别动人。只是这些也令我父亲苦恼的东西并不怎么令我痛苦，如果有时状态不太好，如生病或愿望得不到满足，或者是跟父母闹矛盾时，我很少逃避到上帝的怀抱中，而是另有蹊径。如果平常的游戏失灵了；如果铁道、商店和童话书都没用了，变得无聊了，那我一般会立刻想出最棒的新游戏。当晚上一片寂静时，我躺在床上闭上双眼，沉浸在眼前由彩色圆圈组成的美妙景象中，喜悦和秘密重新迸发。这个世界是多么前景光明、充满希望啊！

前几个学年过完了，我没有什么变化。我认识到，信任和正直可能会给我们带来伤害，我从几个冷漠的老师那里学会了说谎和伪装的秘诀，从那之后我能吃得开了，但慢慢地，我生命中的第一朵花凋零了。没想到，我渐渐也学会了虚假，向"现实"、向大人的法则折腰，适应世界"本来的样子"。我从很久之前就明白了，为什么大人的歌曲集会里有那样的语句："还是一个孩子，多幸福啊多幸福！"我有时也会羡慕孩子们还是一个孩子。

在我十二岁决定要不要学希腊语时，我不假思索地回答"要"，因为我觉得我一定要逐渐变得像我父亲，甚至像我祖父一样博学。从那天起，我的人生有了既定的规划。我得上大学，成为语文学家，因为这样能拿到奖学金。我祖父也是这么一路走过来的。

看起来这计划没什么不好的。只是如今我的人生道路上有了路牌，只是现在每一天都离我既定的目标更近一步，一切都将我带离我原先生命中的游戏和现实，那些东西并非毫无意义，但却没有目标也没有未来。大人的生活抓住了我，一开始只是拉住了我的一根头发或者一根手指，但很快我就会被他完全控制住，那是一种追求数字的生活，井井有条的生活，任职、工作、考试的生活。我不久就会成为大学生、候选人、牧师、教授，会戴着大礼帽、戴着皮手套去别人家做客，我不能再理解孩子了，或许还会羡慕他们。我不想离开我美好而珍贵的世界。当我思考未来时，我有一个特别隐秘的目标——我特别想当一位魔法师。

我从未放弃过这个梦想，但它开始失去了绝对力量，它有了敌人，有别的东西在阻挠它，一些真实的、严肃的、不可否认的东西。成为魔法师这个愿望在我眼里逐渐变得越来越幼稚。无限的、千姿百态的可能性世界在我看来已经受限了，它被分成一块一块的，被篱笆隔开了。慢慢地，我生活的原始森林变了，我周围的天堂冻结了。我不再是以前的我，不再是虚拟王国里的王子和国王，我不是魔法师，我学希腊语，两年之后还会学希伯来语，六年后我会读大学。

狭口不知不觉出现了，周围的魔法不知不觉消失了。祖父书里的那则奇妙的故事依然美妙，但它就印在我知道的固定的那一页上，它在那里不会变，奇迹却消失了。印度的跳舞铜神像依然从容微笑，我却很少再盯着它看了，我再也没看到它斜瞟看人。还有——最糟糕的是——我越来越少、越来越少见到灰色小人儿了。我周围的魔法都消失了，以前宽阔的东西现在变得狭窄，以前宝贵的东西现在变得寒酸。

但这些只是我隐秘的感觉，我心里的感觉。我依然快乐，有控制欲，学游泳，学溜冰，希腊语课拿第一名，一切看起来都很完美。只是所有颜色都有些暗淡，所有声音都有些空洞；只是找安娜小姐变得无聊；只是我经历的所有事情中，有些东西悄然消失了。现在，如果我再想感到自己是完整的、鲜活的，就需要更强的刺激。我得使劲摇晃身体，还得来一段助跑。我喜欢上了重口味的菜肴，偶尔会找点特别的乐子，否则生活就不够有生机。另外，我也开始被女孩儿们吸引，就在小人儿再次出现，把我带到安娜小姐家不久后。

（1921—1923年）

皮克多变形记

　　皮克多一到天堂，面前就出现了一棵雌雄同株的树。皮克多充满敬意地向大树问好，说："你是生命树吗？"树还没回答，蛇却想抢话，于是他转身继续往前走。皮克多眼花缭乱，看什么都觉得很喜欢。他明显感觉到自己正身处故乡，站在生命的源头。

　　接着，他又看到一棵日月共体的树。皮克多问："你是生命树吗？"

　　太阳微笑着点点头，月亮也微笑着点点头。

　　美丽的花儿们抬起脸庞，注视着他，姹紫嫣红，绚烂夺目。有一些花儿笑哈哈地点点头，有一些浅笑着点点头，还有一些既没有微笑也没有点头。它们默默无言，沉浸在自己的芬芳中。有一朵唱着紫色小夜曲，有一朵唱着深蓝色摇篮曲；有一朵眨着蓝色的大眼睛，另一朵回忆着自己的初恋；有一朵闻起来有儿时花园的味道，它甜美的芳香温柔得如同慈母的声音；另一朵对着他大笑，向他伸出卷曲的红舌。他上去舔了一下，味道浓烈狂

野，像松香，像蜂蜜，也像女人的吻。

皮克多站在花丛中，心中充满期望和躁动的喜悦。他的心像一只小钟，怦怦怦怦跳着，因渴望着未知和迷人的预想而心潮澎湃。

皮克多看见一只五彩鸟正坐在草丛中，颜色绚丽多彩，仿佛这世上所有的颜色都归它所有。他向这只美丽的五彩鸟问道："哦，小鸟，幸福在哪里呀？"

"幸福啊，"漂亮的五彩鸟张开金灿灿的嘴笑笑说，"我的朋友，幸福啊，它无处不在。在山间，在谷底，在花朵中，在水晶里。"

正说着，快乐的五彩鸟抖抖羽毛，晃晃脖子，摆摆尾巴，眨眨眼睛，再次笑了。接着，它坐在那里一动不动，静静待在草丛里。看哪：五彩鸟现在变成了一朵缤纷的小花，羽毛变成了花瓣，鸟爪变成了根。它在舞动中变成了一株五光十色的植物。

皮克多看呆了。

接着，它抖动花瓣和花丝，然后，它又当厌了花朵，收起根部，轻轻移动，慢慢飘起，变身成一只五彩斑斓的蝴蝶。它在空中摇摆，没有重量，没有光芒，面庞闪闪发亮。

皮克多睁大了双眼。

这只新变的蝴蝶，这只快乐的蝴蝶，这只面庞缤纷亮丽的蝴蝶，围在惊奇得不行的皮克多身边飞来飞去，在阳光中闪闪发亮。它如雪花般轻轻落到地上，停到皮克多脚前，轻柔地呼吸，闪耀的双翅微微一抖。接着，它又变成了一块五彩水晶，棱边反出红色的光芒。水晶在绿油油的草丛中闪耀，色彩明丽，像一只节日彩钟，但地球内部——它的故乡，仿佛正在召唤它。它迅速变小，马上就要沉陷下去了。

在强烈愿望的驱使下，皮克多伸手抓住那块即将消失的水晶，将它捡了起来。他惊喜地看着它那魔幻的光彩，仿佛所有幸福的预感都射进了他心里。

突然，一条盘在枯树枝上的蛇在他耳边嘶嘶地说："这块水晶可以把你变成任何你想变的东西。快告诉它你的愿望，不然就来不及了！"

皮克多吓了一跳，生怕他的幸福溜走。他迅速说出了一个愿望，把自己变成了一棵树。因为他觉得树是那么沉静、有力、庄严，他过去就时常希望自己能变成一棵树。

皮克多变成了一棵树。他向土壤扎根，向上生长，他的枝干长出新的枝叶。他很满意。他干渴的树根深入地下，在凉爽的土壤中吸水。他的树叶在湛蓝的天空中高高飘扬。甲虫住在他的树皮里，兔子和刺猬住在他脚边，鸟儿在他的枝丫上安了家。

大树皮克多十分快乐，他不去计算流逝的岁月。皮克多慢慢发现，他的快乐并不完整。他花了很长时间才学会用树眼看东西，最后他能看见了，但却开心不起来了。

他看到在天堂里，周围的大多生物都常常变换形状，一切都在永恒变换的魔法洪流中流动。他看到花变成宝石，或变成蜂鸟飞走。他看到一些树突然消失：一棵变成了泉，另一棵变成了鳄鱼，还有一棵变成了鱼，在凉爽的水中欢乐徜徉，乐趣无穷，兴高采烈地游走，用新的外表开始了新的游戏。大象换装成了岩石，长颈鹿摇身变成了鲜花。

但皮克多自己却一直是老样子，他不能再变形了。自从他发觉这一点，他的快乐就消失了。他开始变老，逐渐现出在很多老树上都能看到的疲惫、严肃、忧愁。不光是在树身上，在马、鸟、人等所有生物身上每天我们都能看到这一点：当不再拥有变化的能力时，就会一天天陷入悲伤、枯萎，他们的美丽也就消失殆尽了。

有一天，一个身穿蓝裙的金发少女在天堂迷了路。她唱唱跳跳跑到树下，至今还没想许愿让自己拥有变形的能力。

几只聪明的小猴子笑嘻嘻地跟在她后面，几丛灌木用卷须轻轻摩挲她，几棵大树趁她不注意向她抛出一朵花、一颗坚果或一个苹果。

当大树皮克多看到这位少女时，心中升腾起一种对幸福的极大渴望。他还从来没有过这种感觉呢，同时，一种深深的思绪占满了他的脑海，仿佛是他的血液在向他拼命呼

唤：“快想一想！现在回忆一下你的整个人生，找到生命的意义，不然就太晚了，幸福不会再光临了。”他听从了内心的声音。他回想起自己出生之时，在人间的那些年，他的天堂之路，尤其是他成为大树前的那个时刻，那个他手持魔石的神奇时刻。那时，他有无限变换的可能，他的生命从未像那样在他体内热烈地燃烧！他想起那只笑呵呵的五彩鸟，想起那棵雌雄同株的树。他恍然大悟，突然明白了他那时错过了什么，忘记了什么。那条蛇给出的建议其实是不怀好意的。

少女听到大树皮克多的树叶沙沙作响，她抬头望他，心脏突然隐隐作痛，内心涌起了新的想法、新的渴望和新的梦想。她被一股未知的力量牵引，在树下坐了下来。她觉得这棵大树孤独而悲伤，但在这无言的悲伤中又蕴含着美丽、动人和高贵；它那沙沙作响的树冠吟唱出的歌曲让她迷恋。她靠在粗糙的树干上，感受着大树深深的颤抖，感到自己的心也在跟着颤抖。她的心脏奇怪地疼痛，云彩飘过她心灵的天空，她的眼中渐渐落下沉重的泪水。怎么会这样？为什么会这么疼？为什么心脏想冲破胸膛，想与这美丽的孤独者融为一体？

大树皮克多一直到根部都在轻轻颤抖。生命的力量在他体内猛烈聚集，向少女传递想要融合的强烈愿望。哎，当初他被蛇诓骗、被永远禁锢在了一棵树里。他那时是多么盲目，多么傻呀！他当时真的一无所知，对生命的奥秘如此陌生吗？不，他那时可能隐隐约约感觉到、预感到了——带着悲伤和深刻的理解。他如今想起了那棵雌雄同株的树。

一只鸟飞了过来——一只花花绿绿的鸟，一只美丽勇敢的鸟——划着弧线飞了过来。少女看着它飞翔。她看见它嘴里掉下来什么东西。那东西鲜红如血，艳红如火，闪闪发光。它掉在绿油油的草丛中，在绿草里闪烁着似曾相识的光芒。它的红光如此耀眼，少女弯腰将它拾起来。那是一块水晶，是一块红榴石，有它在的地方就不会有黑暗。

少女白皙的手—拿起这块水晶，她心里的愿望就一下子实现了。美丽的少女沉下去，与大树合二为一，化身成树干上长出来的一枝苗壮的嫩枝，很快便蹿到了与大树同高的位置。

现在一切都完美了，世界静好，这才是天堂。皮克多不再是一棵忧伤的老树了。他现在高唱着胜利之歌。

他变了。由于他这次终于实现了正确的、永恒的变形，从一半变为了完整，所以从那一刻起他可以继续变化了，想变成什么就变成什么。变换魔法的洪流源源不断地流过他的血液，他将永远参与每时每刻的新创造。

他变成鹿、变成鱼、变成人、变成蛇、变成云朵、变成鸟儿，但不论以何种形式存在，他都是完整的，是一对、一双。他的身体里日月同在，有男有女。他像一条孪生河，流过各国的土地，像一颗双子星，遥遥挂在天空上。

（1922年）

周幽王的故事

　　君主因爱慕美人误国的例子在中国古代故事里并不多见，其中有一则尤其奇异怪诞的，便是周幽王和褒姒的故事。

　　周西临蒙古戎狄，都城四周虎狼环伺，常受犬戎袭击掳掠，因此要加驻边防。

　　史书记载，周幽王本是能听从谏言的明君，善于修筑巧妙工事弥补边境劣势，但这一切伟大的建设最后都因一位美人的心情而付诸东流了。

　　在各诸侯的协助下，周幽王在西部边塞修建起了边防。与所有政治产物相同，这套边防体系也有两面性：道德性与机制性。制度约定的道德基础是诸侯和官员们的誓约和可靠性，他们有义务在看到紧急信号后立马召集士兵保卫君主。制度约定的机制基础是在西部边境建起的一套巧妙的烽火台系统。每个烽火台上都有哨兵日夜值守，并且还配有一台大鼓。如遇外敌来袭，离敌军最近的烽火台上的哨兵就会敲响大鼓，其余烽火台依次传递搔鼓。这样，边境信号就能在最短的时间内传遍全国。

　　周幽王为这项奇巧而伟大的工程花费了很多心血，与各路诸侯商讨，听匠人报告，安排士兵操练。

　　后来，周幽王拥有了一名宠妃，名叫褒姒。褒姒生得极美，擅长俘获帝王之心，影响帝王的思想。这对君主或对国家来说，实在不是一件好事。褒姒对幽王的边防工程十分好奇，密切关注，就像机灵活泼的小女孩儿有时看到男子们的游戏会激动赞叹一般。有一个匠人为了让她更直观地了解边防体系，经过捏制、着色和烧制，用陶土为她制作了一个微观边防模型，里面边境的模样尽现眼前。模型描绘了烽火台系统，每一个小小的陶制烽火台上都站着一个微型陶人，烽火台上面还挂着一个精巧的小钟来代替大鼓。这个奇妙的模型玩具给宠妃带来了无尽的欢乐。每当她心情低落时，侍女们就提议玩"戎狄进犯"的游戏，然后她就会竖起无数个小烽火台，拉响小钟，玩得不亦乐乎。

战鼓全部架好，士兵操练完毕，一切终于大功告成，周幽王迎来了他的大日子。根据先前的约定，新的边防系统将会在一个黄道吉日进行首次演练。周幽王对他的功绩十分自豪，既紧张又期待；臣子们已经准备好朝贺之词；而最期待、最兴奋的当属褒姒。她迫不及待想让准备仪式赶紧结束，好让好戏赶紧上演。

激动人心的时刻终于要来了，美人青睐有加的烽火台敲鼓游戏终于要首次以真实大小呈现在眼前了。褒姒抑制不住激动的心情，恨不得亲自参与其中发号施令。周幽王正色向她使了一个眼色，她才收敛了几分。真实大小的"戎狄进犯"游戏要开始了，烽火台、战鼓和士兵都严阵以待，以测试一切是否能顺利进行。周幽王发号口令，太宰将口令传给骑兵营统领。骑兵营统领策马扬鞭来到第一个烽火台上，发出击鼓指令。鼓声隆隆低吼，震耳欲聋。褒姒激动得脸色煞白，浑身颤抖。巨大的战鼓嘶吼着战歌，震天动地，奏出了威胁恫吓，步步紧逼，奏出了对未来的信心，还奏出了战争与苦难，恐惧与毁灭。每个人听到后，都心怀敬畏。接着，鼓声开始减弱，下一个烽火台传来回应声，遥远微弱，戛然而止，接着就什么都听不到了。过了一小会儿，人群结束了庄严的沉默，大家又开始走来走去，互相交谈。

低沉的鼓声从第二个烽火台传到第三个，然后一直传到第十个、第三十个……鼓声响起之处，每个士兵都要严格遵守命令，立刻全副武装，背起干粮赶到集合点；每个将领都必须抓紧时间，迅速整军出发；某些特定的号令要立即传至国内。每个听到鼓声的地方的士兵，都要停止劳作、吃饭、游戏、睡觉，整装行囊，备马，集合，步行或骑马行进。所有封地的急行军都要在最短时间内赶到都城。

在都城王宫里，人们因听到隆隆鼓声而激动紧张的心情很快平复下来了。王宫内院花园里热热闹闹，人来人往，整座城市都在过节。不到三个小时，都城两侧就有大小骑兵队伍赶到，每隔一段时间就有一批新的军队进城，就这样陆陆续续持续了三天。这让周幽

王、大臣和官兵们的激情不断高涨。周幽王受到百官朝贺，设宴款待了匠人们。百姓为敲响第一声大鼓的鼓手戴上花环，簇拥着他全城游行，接受众人的贺礼。

周幽王的宠妃褒姒对这浩大的声势完全着了迷。她的烽火台拉钟游戏成真了，比她能想象到的更浩大、更壮观。号令裹在大鼓遥远的声波中，神奇地消失在空旷的大地上；而它惊人的效果从远方生动而真实地返回来。鼓声阴沉的吼叫声化身为一支军队，成百上千的士兵全副武装，如滚滚洪流般从地平线上或骑行、或步行，极速奔涌而来；弓箭手、轻重骑兵、长矛兵，渐渐遍布整座城池。城池里人声鼎沸，士兵们各就其位，受到欢迎和款待，就地安营扎寨。从白天到夜晚，这样的场面一直持续着。他们就像童话里的鬼怪，从灰秃秃的地里冒出来，被包裹在尘埃里，遥远又渺小，最后终于来到了王宫，活生生地站到了褒姒眼前。

周幽王十分满意。尤其是看到美人眉开眼笑时。她沉浸在喜悦中，像一朵鲜花熠熠生辉。周幽王觉得她从未像现在这么美过。

欢乐总是短暂的。这个盛大的庆典渐渐落幕，一切恢复常态。奇迹消失了，童话般的美梦也破灭了。无所事事、喜怒无常的人们似乎无法适应这种变化。庆典结束后的几周，褒姒的坏脾气又回来了。在见过盛大的游戏后，陶制的小烽火台和用细线拴着的小钟看起来索然无味。哦！那个大游戏是多么让人着迷啊！一切都已经准备好再重演一次欢乐的游戏了：烽火台遥遥矗立，大鼓高悬，哨兵日夜戍守，鼓手身穿制服，一切都在等待，都期待着那个伟大的号令，如果号令不来，这一切都死气沉沉，毫无用处！

褒姒不再开怀大笑了。周幽王看着他的宠妃、他心灵的慰藉整日无精打采，忧心忡忡。为了寻回她的笑颜，他必须送她一份大礼。这种时候他本该认清形势，为了国君的责任牺牲这小小的怜爱之情，但周幽王太软弱了。他觉得重新赢得褒姒一笑，比什么都重要。

他无法抗拒她的引诱，虽然过程十分缓慢，他也曾提出过反对，但最终还是屈服了。褒姒让他忘记了作为一国之君的职责。他受不了宠妃一次又一次的请求，决定满足她心里唯一的强烈愿望；他同意向边防发出假装有敌军入侵的号令。低沉而振奋人心的战鼓声再次响起，但这次震天的鼓声却让周幽王听起来觉得十分害怕，褒姒也吓了一跳。接着，整个令人沉醉的游戏又开始了：世界尽头又变幻出了小小的飞尘，军队或骑马或步行前进，持续了整整三天，诸侯们弯腰行礼，士兵安营扎寨。褒姒开心得喜笑颜开，但周幽王却陷入了困境。他只能向臣子们承认并没有外敌入侵，都城一切太平。他谎称这次的假警报是一次很有意义的突击演练。虽然表面上并没有人反驳他，臣子们仍然恭恭敬敬，忍气吞声，但官兵中有传言，说他是为了赢得宠妃的欢心才大动干戈，给边境发假信号，成千上万人都被他给戏弄了。官兵们达成一致，决定以后不再听从他的号令。周幽王费了很大工夫，大摆筵席犒赏军队来安抚他们的情绪，而褒姒则实现了她的目的。

还没等褒姒情绪再次低落，提出重演这个荒唐的游戏，她和周幽王的报应就来了。可能是凑巧，也可能是有人透露了关于这出闹剧的消息，有一天，西戎大军突然踏破边境。烽火台立即发出信号，沉重的鼓声紧急奏响，往最远处传递。但如今，这套机制巧妙的大型"玩具"似乎坏掉了——鼓声依然响亮，但士兵和将领们的心却不再沸腾。他们没有按鼓声行事，幽王和褒姒到处张望，却是白费力气。飞尘不再扬起，灰秃秃的军队没有赶来，他们孤立无援。

周幽王带着仅剩的一些兵力负隅顽抗，但寡不敌众，戎狄大败王军，占领都城，毁坏了宫殿，捣毁了烽火台。周幽王国破家亡，为敌人所杀，宠妃褒姒也一同被杀。直到今天，史书上还在讲述她那祸国殃民的倾城笑容。

都城被破，游戏成真了。从此以后，再也没有击鼓游戏，再也没有周幽王和眉开眼笑的褒姒了。周幽王的儿子周平王被迫放弃都城，向东迁都。他联合各路诸侯，大片分封土地，以换取政权的稳固。

（1929年）

鸟儿

以前，鸟儿住在周一村附近。它的羽毛不是特别绚丽，歌声也不是多么好听，身材也并不魁梧雄壮。见过它的人，都说它很小，只有一点点大。它也算不上好看，甚至应该说样子有些奇奇怪怪的。它身上有一种奇特而出众的东西，不属于任何一个品种。

它非鹰非鸡，不是山雀，不是啄木鸟，也不是燕雀。它是周一村的鸟，举世无双，独此一只。人们自古以来就知道这只鸟，虽然只有周一村的人才真正了解

它，但邻村的人也都听说过它，于是，周一村的村民就像那些拥有特别之物的人一样，时常会被嘲笑。别人会说："周一村的人就是有它们的鸟哟"。

从卡雷诺到莫尔比奥，再到更远的地方，人人都知道这只鸟，都在讲着关于它的故事，但情况常常是这样的：直到最近一段时间，直到它已经不在这里了，大家才试图弄明白它的具体情况和关于它的一些确切消息。许多外地人打听这只鸟的事，很多周一村的村民都已经喝了人家的酒，让人家提问，最后才承认自己并没有见过这只鸟。但即使不是每个人都见过鸟，人人也都至少知道一个见过鸟一次或者多次，讲过关于鸟的故事的人。一切都被探究、被记录，但奇怪的是，不管是鸟的外貌、声音、飞行体态，还是它的习性，以及它跟人们的相处方式，所有的说法和描述都千差万别。

以前，人们见鸟儿比较多。要是谁遇上了鸟儿，就会十分开心，每回都是一场幸事、一次小小的冒险。就像对于喜欢大自然的朋友来说，能偶尔遇上一只狐狸或者一只布谷鸟，得以观察它们的活动，就已经是一场小小的经历和幸事了。仿佛有那么一瞬间，生灵失去了对嗜杀的人类的恐惧，或者是人类自己被带回到了原始生活的那种天真中。有些人不太关注鸟儿，就像有人发现了上等龙胆草或是遇到了一条聪明的老蛇也并不在意；但还有一些人特别喜欢鸟儿，觉得见到它是一件喜事，是一次奖励。虽然不经常，但偶尔也会听到这么一种说法，说鸟儿是不祥的，或者可怕的：见过它的人很长一段时间里会情绪激动，晚上一直做梦睡不安稳，还会觉得不舒服或者有思乡的感觉。另一些人觉得这是一派胡言，再没有比见到鸟儿之后更美好、更高贵的感觉了，整颗心就像参加完圣礼或者听完一首动听的歌曲，想得全是美好高尚的事情，然后下决心要做一个更好的人。

有个叫沙拉斯特的男人，他是在周一村当了几年村长的赛伍斯特的远亲，一生都特别关心鸟儿。他说他每年都能见到鸟儿一次、两次或很多次，每次见到它都会连续好几天感觉怪怪的，不能说是喜悦，而是有一种特别的感动，心里充满期盼或预感。那几天心跳得跟往常不一样，几乎是有点儿隐隐作痛，反正肯定能感觉到心在胸腔里跳动，而平时大家几乎都忘了自己还有颗心脏。总而言之，当沙拉斯特说起这件事时，他偶尔会表达，这片地区有这么一只鸟不是一个小事情，人们应该感到自豪，它是极罕见之物，大家应该想：一个人如果见到这只神秘的鸟的次数比别人多，那这个人可能有什么奇特过人之处。

（关于沙拉斯特，他是鸟儿现象转世论的证人，他的话被大量引用，是该理论的主要来源，如今此理论已被人遗忘。除此之外，在鸟儿消失之后，他是周一村一小帮人的发言人，他们坚信鸟儿还活着，还会再次出现。）

"我第一次见到它时，"沙拉斯特讲，"那时我还是一个孩子，还没上学。我们家后面果园里的草刚被修剪过。我站在一棵樱桃树旁，一根低低的枝条垂到我面前。我正观察硬邦邦的绿樱桃。这时，鸟儿从树上飞下来，我一下就注意到它跟我见过的别的鸟儿不同。它落到刚剪的草坪里，到处跳来跳去；我当时又好奇又惊讶，就跟着它跑过整个果园。它用亮晶晶的眼睛频频看我，又继续跳，就像一个人在为自己载歌载舞一样。我敏锐地发觉它这样做是想吸引我的注意，逗我开心。它脖子上长着一些白色的绒毛。它从草地跳到后面的篱笆旁，那里长着几株荨麻草，然后一下飞起来，落到了一个篱笆桩上，叽叽喳喳叫着，又特别友好地看了我一眼，接着就突然消失了。我惊呆了。后来我也常常观察：没有任何一种动物能像鸟儿一样这么快，不等人注意，瞬间出现，又瞬间消失。我跑进家里去找妈妈，告诉了她刚刚的事，她立即说，那就是无名鸟，看到它是好事，它能带来好运。"

根据沙拉斯特的描述（在这一点上他与其他人的描述有些出入），鸟儿很小，跟鸫鹟差不多大，最小的部分是脑袋。它的脑袋小巧、聪明、灵活、稀奇古怪。鸟儿并不显眼，但人们只要看到它头顶灰金色的冠毛，看到它盯着人看（其他鸟儿可不会这样），就立马能认出它来。它的羽冠跟松鸦很像（虽然比松鸦的要小很多），在头顶灵活地来回摆动。总的来说，鸟儿很好动，不管是在天上飞还是在地上跑，它的动作既轻捷又有表现力。鸟儿似乎总是用眼睛、点头、后脑勺，用走和飞这些动作传递些什么信息，让人想起来些什么，好像它身上总是带着什么任务，像一个信使。人们看到它，常常要花好长时间来思考，来弄懂它想表达什么。它不喜欢被侦查、被窥探，大家都不知道它是从哪儿冒出来的，它总是突然就在那儿了，坐在旁边，就好像它一直就坐在那儿似的，眼中露出友好的神色。人人都知道，一般的鸟儿眼睛都冷酷、畏缩、呆滞，不会直视人，但这只鸟儿却目光中透露着愉悦，还有几分仁慈。

自古以来就有许多关于鸟儿的各种版本的流言和传说。如今，越来越少听人说起鸟儿了。人变了，生活越来越难，几乎所有年轻人都到城里打工了，家家户户不会再夏夜坐在门槛上，冬夜聚在炉火旁，人们都没有时间。现在，几乎没有年轻人能叫得出一些森林中的野花和蝴蝶的名字了，但如今偶尔还能听到有老妇或老头给孩子讲鸟儿的故事。

有一个或许是最古老的关于鸟儿的传说（亚伯之鸟的传说），是这么说的：鸟儿跟这个世界岁数一样大，亚伯被该隐打死的时候，它就在现场，它饮了一滴亚伯的血，带着亚伯已死的消息飞走了，至今还在传播这个消息，让人们不要忘记此事，时刻警醒人们要敬重生命，友爱相处。这个关于亚伯的传说也是在古代就被记录下来的。世上还有关于它的歌曲，但学者们说，虽然亚伯之鸟的传说很古老，很多国家、很多语言中都有记录，但周一村的鸟儿却可能只是被错误地套进了这个故事里。他们提醒大家考虑，如果几千岁的亚伯之鸟后来只在这片地方安家，不再在别处现身，这就说不过去了。

虽然我们也可以"提醒大家考虑"，写传说不需要像搞学术一样那么合理严谨，而且可以质问，是不是正是因为这些学者，鸟儿的问题才有了这么多矛盾和不确定性。因为我们知道，人们以前关于鸟儿和它的传说从来没有过争论，如果有个人跟他的邻居讲得不一样，大家也会坦然接受。甚至说，关于鸟儿有这么多不一致的想法和故事，这是它的荣

耀。人们还可以更进一步指责学者们，说他们不仅要对鸟儿的消失负责，而且现在还在消解关于鸟儿的记忆和传说，好像让事情荡然无存就是学者的使命。不过，我们谁又有那份悲哀的勇气，去粗暴地攻击那些学者呢？科学就算不是全部，但也有一部分是归功于他们啊。

好了，让我们回到以前关于鸟儿的种种传说中。如今这些传说还有一部分能从农民那里听到。大部分传说都说鸟儿是被施了魔咒才变成了鸟。传说鸟儿原是霍亨斯陶芬家族的一员，是这一代统治西西里的最后一位伟大的皇帝和术士。他通晓阿拉伯智慧的秘密。这个传说可能是受了东方游历者的影响，周一村和莫尔比奥中间的这段地带在他们的历史上有一定的重要意义，那里随处可见他们曾留下的足迹。通常，人们会听说这么一个版本：鸟儿以前其实是一个王子，或者（就像赛伍斯特听说的）是一个魔法师。他曾经住在蛇山的红房子里，在这片地区享有声望，直到这里实施了弗拉克森芬新法。弗拉克森芬新法禁止变魔法、作诗、变形等类似行为，将这类技能判为下流行当，导致一些人没了生活来源。那时，魔法师在红房子周围播下了黑莓和洋槐的种子，离开了住地，身后跟着长长的蛇队，消失在了森林里，房子不久后也在荆棘丛中消失了。变成鸟以后，他时常会飞回来，迷惑人的灵魂，重新练练魔法。他对许多人的特殊影响自然是通

过魔法。讲述者暂且没有断言说他施的魔法属于白魔法还是黑魔法。

还有那些奇怪的、预示着母权文化某阶层的传说遗篇，毫无疑问也源于东方游历者。在这些传说中，有一个重要角色是外国女人，也叫尼侬。在一些故事里，这个外国女人抓到了鸟儿，把它关了好几年，直到村里人发了怒，鸟儿才得以释放。还有传言说外国女人尼侬在鸟儿变成鸟以前，在他还是一个魔法师的时候就认识他了。他们一起住在红房子里，养了许多长长的黑蛇，还有长着蓝色孔雀头的绿壁虎。直到现在，周一村的黑莓山上还爬满了黑蛇。人们还能清楚地看到，每条蛇、每只壁虎在经过魔法师原先魔法作坊门槛的那个地方时，都会停一下，抬起头，鞠一个躬。据说这是村子里一个早已去世的老妇人讲的，她叫尼娜。她发誓说自己常常到荆棘山上采药。从前，魔术师家的入口处现在有一个几百年的玫瑰树树墩，她亲眼看到毒蛇在那里鞠躬。另一些人则肯定地说尼侬跟魔法师一点儿关系都没有，她是很久很久以后才随着东方游历者到的这片地区，那时，鸟儿早就变成鸟了。

从有人最后一次看见鸟儿到现在，还没过去一代人的时间，但老人们走得猝不及防。终有一天，经历过鸟儿时代的人会全部消逝，所以我们要记录下来鸟儿是怎么回事以及最终的结局如何，故事看起来或许有些杂乱无章。

周一村地处偏远，狭小安静的森林峡谷鲜为人知，鸢鸟统治着森林，到处都能听到布谷鸟的叫声。即使如此，却连外乡人也常常看见鸟儿，了解鸟儿的传说。据说，画家克林索曾在那里的一个宫殿的废墟里住了好久。莫尔比奥峡谷因东方游历者里奥而著名（顺便提一下，根据一个比较荒谬的传说版本，尼侬就是从他那里拿到了主教面包的配方，用面包喂了鸟儿从而驯服了它）。总之，关于我们这个几百年不为人知、规矩正派的地区世上流传着一些传言，在离我们很远的大城市和高校里，有些人会把里奥的莫尔比奥之行写成博士论文，对周一村鸟儿的各种传言很感兴趣。人们草率地说啊、写啊，但更严谨的

研究又努力将这些剔除。而且荒谬的结论不止出现了一次。有人说，鸟儿就是跟画家克林索有关的那只著名的皮克多鸟，它会变形，而且懂得好多隐秘知识，但是因皮克多而著名的《红绿鸟，一只美丽而勇敢的鸟》在来源上已经写得很清楚了。这种混淆真让人无法理解。

最后，学界对于我们周一村村民和鸟儿的兴趣到达了顶点，同时，对鸟儿的故事的关注也达到了下述高潮。有一天，我们的时任村长，也就是前文曾提到过的赛伍斯特，收到了一封上级发来的官方公函，里面的内容是说，东哥特帝国使者受枢密院吕茨肯斯泰特委托，向当地博学的村政府告知以下事项并强烈建议在本乡公布相关事宜：某只在方言里被称作"周一村鸟儿"的无名鸟，在文化部支持下，由枢密大臣吕茨肯斯泰进行研究及搜寻。若有人知道关于鸟儿及其生活习性、饮食、有关俗语、传说等信息，可通过村政府向位于伯尔尼的东哥特帝国公使馆报告。此外，若有人通过村政府将所说的鸟儿健康完好地上交给使馆，可得到一千个杜卡特作为奖励；若有人上交鸟儿的尸体或其保存完好的皮毛，则只考虑给予一百个杜卡特作为奖励。

村长坐着研究了这封官方公函好久。他觉得当局各级热衷于这件事既不合理又十分好笑。如果是那个博学的哥特人或者是东哥特使馆直接对赛伍斯特提出这个无理要求，那么他会直接销毁信件，或者简短地告诉他们，赛伍斯特村长没兴趣陪他们玩这种游戏。他们可能就会友好地放过他，但这个要求是他的上级部门下达的，是一个命令，他必须遵守。还有村里的老文书巴尔梅利，他伸长胳膊，瞪着老花眼读完了公函，强忍住嘲讽的微笑（虽然他觉得此事值得一笑），强调说："我们必须服从命令，赛伍斯特先生。我这就去起草正式公告。"

几天后，全村人都在市政府布告牌上看到了公告：鸟儿失去了保护，外国想要它，拿出重金悬赏，瑞士联邦和州放弃了保护传奇鸟儿。一如既往，他们一点儿都不关心平凡之人，不关心他们的心爱珍贵之物。至少巴尔梅利和许多人都是这么想的。谁想抓住或者射杀可怜的鸟儿，高额的奖金就在向他招手，谁要是成功了，就能摇身一变成为一个富翁。所有人都在谈论此事，大家都聚在村政府周围，在布告板前挤来挤去，热烈地发表意见。年轻人最是兴奋，他们当即就决定要设陷阱，铺荆条。头发花白的老尼娜摇摇雀鹰般的头说道："造孽啊！联邦委员会应该感到耻辱！只要有钱，这些人连耶稣基督都能送出去，但他们抓不住它，上帝保佑，他们抓不住它！"

村长的远亲沙拉斯特也看了公告，特别沉默。他一句话没说，仔仔细细又把公告读了一遍。本来周日早上他想去做礼拜，但现在他改变了路线，慢悠悠向村长家走，进了他的花园，但突然又想到了别的事，于是掉头跑回了家。

沙拉斯特这一生跟鸟儿关系很特别。他见到它的次数比别人都多，观察得也更仔细。可以这样说，它属于信奉鸟儿，认真对待它，赋予它更高意义的一类人，所以公告消息让他特别激动，又特别矛盾。一开始，他自然跟老尼娜以及大多数因循守旧的老年人感受一样：为了外国人的要求，他的鸟儿，这个村子、这片地区的宝贝和标志，居然要被交出去，被捕捉，被杀死！他震惊而愤怒。这位罕见又神秘的森林里来的小客人，充满传奇色彩，自古以来就为人所知。周一村因它而闻名，也因它而受讽，它留下了许多故事和传奇——这只鸟难道要为了金钱和科学，白白牺牲在一个学者残忍的好奇心下？真是闻所未闻，不可理喻。这是在要求人们渎圣，但另一方面，如果衡量一下所有条件，把各项好处和坏处都放在秤砣两边称一称，难道不是亵渎圣灵的人能保证拥有一个不同寻常的辉煌命运吗？而且要抓住这只广受赞誉的鸟儿，不是需要一个特别的、天选的、从许久以前就注定的人，从童年时就与鸟儿有一种更神秘、更亲密的关系，与它的命运紧紧交织在一起的人吗？那谁是这个独一无二的天选之人呢，沙拉斯特？除了他，还有谁呢？如果捕捉鸟儿是渎圣，是犯罪，跟加略人犹大出卖耶稣基督一样——但这次的背叛，还有耶稣基督的死和牺牲，不正是必要又神圣，是很久以来就被注定、被预言了的吗？如果——沙拉斯特问自己，也在问这个世界——如果加略人出于道德和理性的约束退出了他的角色，拒绝了背叛，会有一丁点儿用处，会对上帝的决定和他救世举动造成些许的改变或者阻挠吗？

沙拉斯特沿着这个思路，被心绪搅得不得安宁。就在那个家乡的果园里，在那个他小时候第一次见到鸟儿，感受到那种冒险带来的奇特的幸福感的地方，如今他却在房子后面不安地走来走去。走过羊圈，走过厨房窗旁，走过兔舍，他的周日礼服扫过挂在草料棚后墙上的耙子、长柄叉和镰刀，各种思绪、愿望、决定，再加上迷醉，弄得他激动不已，整个人迷迷糊糊的。他心里沉沉的，想着犹大，还有麻袋里那一千个沉甸甸的梦寐以求的杜卡特。

激动的情绪仍在村子里蔓延。自从消息公布后，几乎整个村子的人都聚集在村政府前，不时有人走到布告板前再盯着公告看几遍。每个人都有力地表达自己的想法和打算，用以往的经历、智慧和《圣经》里的话来佐证自己的观点。一份公告把整个村子分成了两个阵营，只有一少部分人一开始对这份公告并没有表态。可能有些人像沙拉斯特一样，虽然觉得捕鸟这件事很残暴，但又想得到那些钱财，并不是每个人都能仔细处理好这种复杂的内心矛盾的。年轻小伙子们最不在意。道德顾虑和保护家乡风土文化的顾虑干扰不了他们的冒险兴致。他们觉得必须设陷阱试试，说不定一走运抓住鸟儿了呢，虽然可能希望不大，因为大家不知道应该用什么当诱饵吸引鸟儿，但要是有人看见了鸟儿，最好马上开枪，因为毕竟钱袋里的一百个杜卡特可比想象中的一千个杜卡特要强多了。大家大声对他们的主意表示赞同，他们提前陶醉在自己的行动中，已经开始争论捕鸟的细节了。应该给他配一把好枪，一个人喊道，再给他半个杜卡特的定金，他就能立即动身去抓鸟，甘愿牺牲掉整个周日。反对者们几乎都是老年人，他们觉得这一切简直太离谱了。他们高喊或嘟囔着智慧格言，咒骂如今的人们，说这些人已经失去了虔诚和诚信。年轻人大笑着回应，这事与诚信无关，只关乎射击水准；在眼睛半瞎瞄不准鸟儿，关节痛风端不起猎枪的人身上，倒总是能看到美德和智慧。

气氛时不时达到高潮，大家都在这个新问题上发挥智慧，几乎忘了午休和吃饭的时间。只要是与鸟儿或多或少能扯上关系的事，他们都激动地谈论。他们滔滔不绝地讲述家族的成功与衰败，让每个人回想起升天的祖父，想起老赛伍斯特，想起东方游历者的传奇游历。他们引用赞美诗集里的诗句和歌剧中的名言，发现彼此无法忍受，却又无法分开；他们引用箴言和先祖的经验，讲述过去的事，说起去世的主教，还有忍受过的疾病。比如，有一个老农民生了重病躺在床上，他透过窗户看见了鸟儿，只是一瞬的工夫，但就从那一瞬起，他身体就感觉好多了。他们说着、讲着，既是说给自己听，也是说给乡亲们听，或赞美或抱怨，或赞同或讥讽，不管是争执还是团结。他们因自己的长处、年龄，还有他们之间这种永恒的关联感到愉悦。有人年长睿智，有人年轻聪明。他们互相嘲笑，和气有力地维护父辈的优良传统，和气有力地质疑父辈的优良传统，捍卫祖先，嘲笑祖先，吹嘘自己年龄大、经验丰富，吹嘘自己年轻气盛，都快吵起来了。咆哮、大笑，体验着团结和摩擦，所有人全都认定自己是对的，而且有理有据地告诉了其他人。

就在大家热热闹闹练习演讲、拉帮结派的过程中，九十岁的尼娜恳求自己的金发孙子顾念一下祖先，不要参与这场对神不敬的、残忍危险的捕鸟运动，而年轻人却毫无敬畏之心，在她面前表演打猎哑剧，用想象的猎枪戳到她脸颊上，闭紧一只眼，大喊："砰砰，砰砰"。这时，发生了一些意想不到的事情，七嘴八舌的老人和青年都住了嘴，像石化了一样一动不动地怔住了。

随着巴尔梅利的一声惊呼，所有的目光都望向他伸长胳膊手指的方向。在突然的寂静中，他们看到引发众议的鸟儿从村政府的房顶跳下来，落到了布告板边框上，圆圆的小脑袋蹭着翅膀，嘴巴磨来磨去，叽叽喳喳唱出短暂的旋律。它灵巧的尾巴上摇下摆，发出一阵颤音，鸟冠竖起来，在众目睽睽之下给自己梳妆打扮了一会儿，展现自己，这一幕许多村民只是从传说中听过。它好奇地低下头，好像也想看看政府的公告，看它值多少个杜卡特。或许它只是停留了片刻，但对所有人来说，这都是一场隆重的来访，是一场挑战。此刻没有人再喊"砰砰，砰砰"，所有人都呆呆地站在那里，惊奇而出神地关注着这位勇敢的客人。鸟儿专挑此时此刻飞来，显然是为了嘲笑这些人。

　　一群人吃惊又尴尬地望着让他们错愕的鸟儿，目不转睛地盯着这个伶俐的小家伙，刚刚大家还在热闹地议论它呢。这片地区因它而出名，它或许曾是亚伯之死的见证者，或许是霍亨施陶芬家族的一员，或许是一位王子，又或许是一个魔法师，住在蛇山的红房子里，至今那里还生活着许多毒蛇。它激起了外国学者和强国的好奇心和贪欲，为抓住它设置了一千个杜卡特的奖赏。所有人都赞美它，都非常爱它，包括那些几秒之后气呼呼地跳脚咒骂自己没带猎枪的人。他们爱它，以它为傲，它属于他们，是他们的荣耀。它坐在那儿，尾巴抖动，羽冠竖起，就坐在他们头顶的布告板边上，很近，像是他们的王侯或是他们的徽章。直到它突然消失，众人盯着的地方一下子空了，大家才慢慢缓过神来，互相对视着大笑，欢呼喝彩，赞扬鸟儿，呼喊着找枪，询问它飞去哪个方向了。人们记得，正是鸟儿让老农病愈，老尼娜的祖父就曾见过它了。人们感受到一些古怪的东西，像是快乐，特别想笑，但同时也像是秘密、魔力和恐惧。突然，人群四散，大家纷纷回家，结束了这场激动人心的集会，这场集会让全村情绪沸腾，而鸟儿明显是集会中的王者。村政府前变得十分寂静，过了一会儿，午钟敲响，广场上空无一人，被太阳照射的白色公告纸上慢慢落下一片阴影，是布告栏边框投下的阴影。就在刚才，鸟儿还坐在上面。

　　这段时间，沙拉斯特沉思着在他家后面走来走去，经过耙子和镰刀，兔舍和羊圈。他的步伐逐渐均匀平稳，神学和道德的权衡也越来越接近平衡和停滞。午钟唤醒了他，他微微一惊，回过神来，回到眼前这一刻。他听出了钟声，知道马上就会传来妻子喊他吃饭的声音，对自己深陷于刚刚的想法感到有点儿羞愧，穿着靴子的脚步更重了一些。就在这时，妻子的声音传来，证实了刚刚的钟声。他的眼前一下子有什么东西闪过。他耳边响起

"嗖"的一声，一阵小风带过，鸟儿坐在樱桃树上，身姿轻盈，像树枝上一朵盛开的小花，自得其乐地抖动着羽冠，头转来转去，叽叽喳喳小声叫着，看着面前这个男人。鸟儿的这个眼神，他从童年时代就认识了。还没等看呆了的沙拉斯特感受到心跳加速，鸟儿就又一跃而起，穿过树枝，消失在了空中。

从那个周日中午鸟儿坐在沙拉斯特的樱桃树上起到后来，它只在人们的视线中出现了一次，唯一一次，还是当时村长的远方亲戚沙拉斯特看到的。沙拉斯特下定决心要抓捕鸟儿，拿到奖金，因为这个鸟儿的老熟人清楚地知道，活捉它是不可能的，于是他修理了一把老猎枪，弄来了口径最小的霰弹，人称"鸟弹"。他打算着，如果他用小霰弹射击，鸟儿可能不会被打死，也不会分尸掉落下来，小霰弹很容易打伤它，让它受惊昏迷，这样就能把它生擒到手了。这个缜密的男人为自己的行动做好了一切准备，甚至还准备一个关鸟儿的小鸣禽笼。他把枪里装满子弹，从现在起，尽最大可能不让枪离身。只要能带猎枪，他就一直带着；要是不能带猎枪，比如，去做礼拜时，他就会觉得无比遗憾。

虽然如此，在他又见到鸟儿的那一刻——同年秋天——猎枪却刚好不在他身边。鸟儿像往常一样无声无息出现了，就在他家附近，飞落下来，用熟悉的啁啾声跟他打招呼。他正愉快地坐在老柳树粗糙弯曲的树枝上，沙拉斯特常常折了柳枝去绑葡萄藤。鸟儿就坐在那儿，十步不到的地方，叽叽喳喳吵个不停。它的敌人虽然又一次感受到了奇妙的幸福感受（极度快乐又倍感痛苦，好像被提醒没有能力过上某种生活），但同时也因为不知道怎么赶紧拿到枪，焦虑不安，脖子上流下了汗水。他知道鸟儿不会停留太久。他赶紧冲进屋子拿出猎枪来，看到鸟儿还在柳树上坐着，就慢慢轻声走近它。鸟儿丝毫未怀疑，对那杆猎枪和男人奇怪的举止一点儿也不担心。这个眼神直瞪瞪，弓着身子，心怀愧疚的激动的男人显然费了很大工夫来装出自然的样子。鸟儿任凭他靠近，亲密地看着他，试图激励他，调皮地看着这个农民是如何端起猎枪，闭上一只眼睛，久久瞄准它的。最后猎枪响

了。烟还没升起来，沙拉斯特就已经跪在柳树底下到处找鸟儿了。从柳树到花园篱笆、到蜂房、到豆畦，他在草地上来来回回搜寻着，一寸也不放过，两遍、三遍、一小时、两小时，第二天早上又是一遍一遍地找。他找不到鸟的踪影，连一片羽毛都没看见。它飞走了，这里的人太粗鲁无礼了，枪声太吵，鸟儿爱自由，它爱森林和寂静，它不喜欢这里了。它离开了，这回，沙拉斯特又没能看见它往哪个方向飞去了。或许它回到了蛇山的房子里，蓝绿色的壁虎在门槛上向它鞠躬；或许它逃到了更远的树木中和更遥远的年代里，逃回了霍亨施陶芬家族，逃回了该隐和亚伯身边，逃到了天堂。

　　从那以后，就再没有人见过鸟儿了。人们对它的讨论还是很多，直到这么多年后的今天也没有停止。一个东哥特的大学还出版了一本关于鸟儿的书。

　　如果说以前流传着关于它的各种传说，那么当它消失之后，它自己就变成了一个传说，很快就不会再有人能发誓说鸟儿真实存在过，它曾是这片地区的善灵，曾有人高额悬赏要捉它，曾有人开枪射击它。这些都成了曾经，以后或许又有学者研究这个传说，可能作为人们想象力的证明，用神话创造的规则一步步对其进行拆解。因为自然无法否定：到处永远都有这样的生灵，它们被其他人视作特别的、美的、高贵的存在，被一些人当作善灵而敬畏，因为它们使我们想到一种更美好、更自由、更快乐的生活，但到处也都会发生相似的事：孙子因为善灵而嘲笑祖父，美丽高贵的生灵有一天被猎捕、被打死，有人用奖金悬赏要它们的头颅或皮毛，不久后它们的存在成了传说，与它们一同振翅飞走。

　　没人知道关于鸟儿的学说将来会发展成什么样。沙拉斯特不久前才刚刚惨死，很可能是自杀，照规矩还是讲一下，但我们对此不予置评。

（1933年）

两兄弟 ①

从前有一个父亲，他有两个儿子。大儿子帅气强壮，小儿子矮小畸形。大儿子一直看不起弟弟。小儿子不喜欢被这样对待，决定离家去远方游历。走了很远一段路后，他遇到了一个车夫，他问车夫要到哪里去，那人说他要去玻璃山给小矮人送珍宝。小儿子问他能得到什么报酬，车夫说能拿到几颗钻石。小儿子也想去找小矮人。他问车夫觉得小矮人会不会收留他，车夫说他也不知道，但可以带他一起去。最后，他们一起到了玻璃山，一个小矮人给了车夫一大笔酬金感谢他的辛劳。这时，他注意到旁边的小儿子，便问他想要什么。小儿子把一切都告诉了他。小矮人们很愿意接受他，从此他便过上了幸福的生活。

现在让我们来看看大儿子吧。他本来在家乡过得不错，但长大之后参了军，被派上了战场。在战争中，他右手受了伤，后来只能靠乞讨维生。有一天，穷困潦倒的大儿

---

① 这则童话由黑塞十岁时写于卡尔夫。

子来到玻璃山，看到一个人，他没料到那是他弟弟，但小儿子一下子就认出了哥哥，问他来这里想要什么。"哦，先生，我实在太饿了，您能施舍我一点儿面包皮我就很开心了。""跟我来。"小儿子说。他把哥哥带到一个山洞里，山洞的墙壁上缀满了亮晶晶的钻石。"如果你能凭一己之力把钻石掰下来，就可以拿走一把。"哥哥试着用自己那只还能用的手去掰钻石，当然没能成功。小儿子说："可能你还有一个弟弟吧，我准你找他帮忙。"哥哥哭了起来，"我以前确实有个弟弟，他个子矮小，身材畸形，但心肠很好，他肯定会愿意帮我的，可是我当初无情地把他赶走了，已经很久没听到他的消息了。"这时，小儿子说："我就是你弟弟啊，别再受苦了，留在我身边吧。"

（1887年）

两兄弟

鸟儿

褒姒

迷恋大树的金发少女

魔法师